All over the world, you're the apple of my eye.

世界这么大，我只喜欢你

好读 / 主编

作家出版社

我喜欢在一个陌生的城市里穿越孤独，在安静温暖的
灯光中，告别白天的喧嚣。

喜欢前往风起的地方，乘着崭新的梦想。

喜欢寂静的早晨，在蓝紫色的雾霭里，捕捉希望。

很多很多的喜欢，就沉淀成了爱。

茫茫人海中，希望有个我爱的人，恰巧能珍爱我如生命。

我相信，那一切都是种子。只有经过埋葬，才有生机。

在黑暗的地底下沉默多年，只为了最后那一季的全力绽放。

世界温柔如水，一切都会过去，一切正在开始

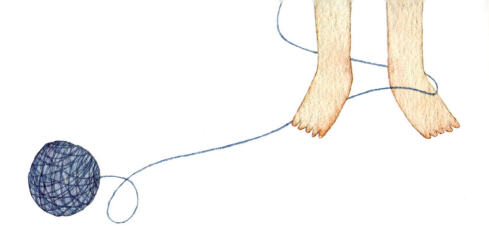

时间很短，天涯很远。一山一水，一朝一夕，等我安静地去走完。

喜欢自己，世界才会喜欢你。

目 录
CONTENTS

Part 2

只有你
是我灵魂的安顿　*047*

当我从卧室的窗里向外望悠远的蓝天，
我仿佛觉得母亲凝住我的目光，
布满了整个天空。

///

Part 3

那些
都是爱的另一个名字 *099*

又宽又厚的，是爸爸的肩，
坐上去能看见更远的风景。
我们越来越大了，而他们却越来越老。
时光慢些吧，留住爸爸的背影，这是我眼中最好的风景。

///

Part 4

走得最急的
都是最美的时光　　　*133*

我可以锁住笔，为什么
却锁不住爱和忧伤？
在长长的一生里，为什么
欢乐总是乍现就凋落，
走得最急的，都是最美的时光。
——席慕蓉《为什么》

//

Part 5

给所有的失去
一个美好的结局　　*173*

生活不是童话，
不是每一个开始都有美好的结局。
我只期待有一天，
那些失去能够苏醒，给我留下一个温暖的回忆。

//

Part 6

在最清浅的暖意里
等你 *215*

假如时光可以倒流，谁会在原地等你？
总有一个人，会在最清浅的暖意里守候，在刹那，在永恒，
能厮守到老的，不只是爱情。

//

序

愿心有意者，爱都无伤

　　每个人都有喜欢的人、喜欢的事，也都欢喜自己被更多的人喜欢，找到最喜欢自己的人……是的，很多很多的喜欢，就沉淀成了爱。爱随着时光，深入骨髓，融入灵魂，最后变成我们生命的一部分。

　　但有时候，我们会在爱中浑然不知或惊慌失措，甚至对爱产生怀疑。为什么我们明明被爱，却急于挣脱？为什么我们明明相爱，却不敢靠近？为什么我们明明不爱，却不能割舍？为什么明明最亲的人，却形同陌路？为什么明明希望天长地久，却会有那么多爱的离歌？

　　看了太多痛彻心扉的故事，总结了太多爱的法则，置身其中的时候会发现，自己仍旧免不了焦头烂额，对爱，仍是力不从心。

曾以为，爱抓得太紧就会失去，细水长流才能长久，而矜持让我们失去了爱情；

曾以为，真正的朋友会善于包容，不会对我们的言行有太多计较，而任性让我们失去了友情；

曾以为，亲人大多是祸害，不必理睬他们的干涉，而冷漠让我们失去了亲情……

爱，到底是怎么一回事？

有这么一个故事：

一天，佛祖正给众弟子讲经，来了一只猫，蹲在莲花座下静静聆听。有位弟子好奇地问佛祖："师尊，猫也能听懂佛法吗？"佛祖答："能。猫有通、灵、静、正、觉、光、精、气、神九条命，甚有灵性呢！"

因为猫很有灵性，所以修炼得比较快。修炼中的猫，每二十年就可以长出一条尾巴，等长到第九条尾巴的时候，就可以修成正果了。但是，第九条尾巴却是最难得到的——因为想得到这最后一条尾巴，必须满足别人的一个愿望，而实现了那个愿望，猫就少了一条尾巴——这简直是个死循环。

有一只很虔诚的猫，修炼了不知多久了，反反复复帮别人达成愿望，却总是修不成正果。于是猫跑去找佛祖抱怨道："师尊，这个矛盾的规则会让我永远修不成正果的！"但佛祖每次都是笑而不答。

这次，猫碰到一个孩子，它照旧问孩子要什么愿望。孩子一时想不出来，但他很喜欢这只有八条尾巴的又漂亮又精神的猫咪，便一边温柔地抚摸着它，一边搜肠刮肚地想啊想。就在猫已经快要不耐烦的时候，孩子欢呼：我想到了！我想让你长出第九条尾巴！

——猫简直不敢相信自己的耳朵。

几百年来，那么多人提出的愿望不外乎是让自己有名有利、有钱有势，或者娶上最喜欢的姑娘，或者得到自己最想要的地位……他们都认为首先要满足自己的愿望，而没有人考虑到，猫每满足他们的一个愿望，就要付出二十年的修炼。他们看猫的眼神，都是狂喜和兴奋——只有这个孩子眼中透出的是真诚的喜欢。

长出九条尾巴的猫，舔了舔孩子的手，它的眼睛湿润了，里面满是惊讶，更多的是感恩……

真正的爱很简单，只有两个字：成全。

成全别人的同时，也是在成全自己。成全不是单向的，即使一个人看起来无所不能，也需要温暖和帮助。天地那么大，人那么孤单，我们经常需要以彼此的体温取暖，无论对父母亲朋，还是自己喜欢的那个人。成全他人之前，首先要成全自己。在爱别人之前，首先要学会爱自己，让自己变得足够强大，才有能力去爱别人。只有自己充满爱，对人生充满勇气，对未来充满期待，生活才会回报你更多的爱和希望。

本书是深受读者喜爱的二十年情感散文精选，将带领我们在文字世界中漂流，在雪泥鸿爪中寻觅最温暖的瞬间和最真挚的情感。不求回报的关照和无关风月的爱情，未尝不浪漫；父亲的质朴寡言和母亲的私心宠溺，未尝不纯粹；一个鸡蛋和一碗馄饨的轻微，未必不沉重。平易冲淡的文字和不假雕饰的故事中，写满最简单的人性和最真实且最慷慨的爱。

　　至死不渝的爱情，携手到老的友情，单纯无私的亲情……降临在一个人的身上的每份爱，都弥足珍贵，甚至独一无二。世界这么大，遇上一个喜欢自己、珍惜自己、愿意宠溺自己、为自己付出的人，是一份幸运——即使这个人是你的父母，是你的爱人，或是你的朋友。不要觉得你得到的爱是理所应当的，没有人有必须爱你的责任，所有的守护和陪伴的背后，都会有一份独一无二的真情——一份伴随着磨难、痛苦、责任和坚韧的真情，只是你已经习惯这份爱，甚至浑然不觉。所以，让我们呵护、经营和珍惜降临在自身的每份爱，并请用自己的感恩和付出，保温他人的真情。

　　愿你在每一个自己喜欢的日子里，被日子喜欢；在每一个温暖世界的日子里，被世界温暖；在每一次成全他人的时候，被人生成全。

　　愿每一位心有意者，爱都无伤。

All over the world, you're the apple of my eye.

世界这么大，我只喜欢你。

Part 1

遇见你
是我最美丽的意外

遇见你之前，我看过很多风景，
遇见你之后，才知道你是我的宿命；
遇见你之前，我听说过一万种爱情，
遇见你之后，我想告诉别人第一万零一种。

布达佩斯之恋

那一年，他在布达佩斯留学，偶然的机会遇见她，便深深地迷恋上了她优雅的气质。

那个时候，他并不知道，她是王室后裔，爱情那么简单，也那么遥远。

但她欣赏他的勇气和才华，很多时候，都会邀请他一起，做公益，做学术，去埃及游玩。

那些日子，他觉得自己特别幸福，他本以为，情那么真，爱那么诚，一切都该顺理成章。所以，在即将回国的那天，他鼓足勇气，说："我爱你，希望你能嫁给我。"

他单膝跪地，不顾周遭人的眼神，心里满怀希望，只愿她答应，自己便再也不远离。

她微微一震，仰头看着蓝天，没有人知道她在想什么，良久，她才从包里拿出一个精致的方块，说："这个魔方是我最喜欢的，也是布达佩斯最精巧的一个，如果你能把六个面统一了，我便嫁给你。"

他是罗兰大学的高材生，自信一个小小的魔方难不倒他，便点点头，接过她手中的方块，转身消失在人群中。

可是，这个产自布达佩斯的魔方，他琢磨了一天、两天、三天……一年——却始终没有找到答案。

他失败了，无颜再去找她，爱情便因为一个魔方悄然逝去。他离开了布达佩斯，回到自己的国家，聪明的他将自己的事业推上一个又一个高峰。多年后，他已是儿孙满堂，只是没人知道他心里的那个疙瘩。那个魔方，他常常独自一个人拿出来琢磨、把玩，日复一日，年复一年。

直到岁月在他身上划下深深的痕迹，他把一切交给儿孙，独自一个人，奔向布达佩斯，没有任何行李，只有手里拿着的那个魔方。

找到她的时候，她正出席一场公益活动，优雅一如当年。她终于看见他，有点儿不敢相信自己的眼睛，走过来，良久，一句话也没有说。

"你还好吗？"他终于开口。她点点头，无言以对，这么多年了，她到底爱他吗？还是，曾经爱过，但却不能去爱？没有答案。

他拿出那个魔方，放在她手里，说："我终于让六个面统一了，对吧?"

　　那一刻,她泪如泉涌,因为她看见,那个精致的魔方,已经被一双手磨掉了所有图画和颜色,只剩下简简单单的底色,干净、透明。

　　她触摸到一种温暖,那是一双手留在魔方上的温暖。

　　　　　　　　　　　　　　　　　　　　　编译/谢素军

送你一度温暖

那个冬天，他的事业几乎遭受灭顶之灾。由于贷款没能在限定的时间内还清，他们不得不搬出那所豪华且温暖的住宅。

他们在市郊另租了一处简陋的房子，房间里阴冷潮湿，一如他们那时的心情。他对她说，相信我，会好起来的。

她信。

白天的时间，他在外面玩命地奔波，有时一整天不打一个电话回来，留下她一个人坐在沙发上瑟瑟发抖。她理解他。她知道他所做的一切，都是为了他们的将来。

晚上回到家，大部分时间里，他总是一个人坐在电脑前查看资料，整理信息，给客户打电话，然后，沉沉睡去。他很少和她闲聊。她理解他。她知道他很累，她知道他需要休息。

不管怎么累，他都要天天洗澡，那是多年养成的习惯。浴室里只有简陋的淋浴，这让她很是怀念那座曾经温馨的豪宅。想起从前的日子，她有些伤心。

因为她突然发现他不在乎她了。他不再对她嘘寒问暖，从洗澡这件事就能看出来。她记得在以前，不管如何，他总是让她先洗。他们一起从外面回来，他会微笑着说，你先洗吧，出了一身的臭汗，不舒服。然而他自己却顶着一身臭汗候在客厅或者书房，直到她洗完。这样的细节，曾很令她自豪和感动。

可是现在，他却总是要先洗。当然他从来不和自己争，只是当她要走进浴室的时候，他会突然说，我先来吧。然后她便听见浴室里哗哗的水声。她认为生活的艰难磨去了他的绅士风度，改变了他们的相敬如宾，更削减了他对她的爱恋。

她想，他为什么不能继续让着自己呢？他白天不给她打一个电话，晚上不和她说半句情话，总是急不可耐地去浴室洗澡，这是不是说明，他已经不再爱她了呢？后来有一天，她终于忍不住了，她问为什么，他愣了半天，才说，在外面跑了一天，出一身臭汗，不舒服，所以着急冲一下。

她几乎绝望了。她想，他终于不再疼她了。现在她认为自己不仅失去了以前那所豪华的住宅，并且正在失去丈夫的爱情。

那一天，照例，他出去了。她百般无聊，于是打开他的电脑。她发现，自己的丈夫竟然天天在电脑上写日记。她慢慢地读着，然后，便泣不成声。

她看到这样一段：

　　……今天她问我，为什么总要抢在她前面洗澡，我没有说实话。因为，我怕她为我难过。

　　……浴室里很冷。但我知道，在一个人淋浴完以后，那里面的温度，便会升高一点点，三度、两度，或者一度。我想，那样的话，她在洗澡的时候，应该会感觉暖和一些吧？

　　……在这段艰苦和寒冷的日子里，我想，至少，我还能多送她这一度的温暖。

文/大海

沉默的表白

那时候，他和她是青梅竹马的一对小人儿。梅雨刚过，阳光在水桦树的叶面上随微风翻滚，像新擦出来的一件瓷器，明晃晃，灼人的眼。午后，他和她不睡午觉，瞒着大人，往蝉鸣沸腾的地方去。

也是听大人们无意中说起，三个蝉蜕拿到镇上的中药房里就能换一分钱，他悄悄告诉了她，还相约一起去捡蝉蜕。第一天，他们很快就在树根旁、草丛里捡了三十个蝉蜕。黄昏，他牵着她的手，走到了镇上的中药房。

两个小人儿还没有中药房的柜台高，他抱起她的腿，把她的一张小脸举到了柜台上。他们得到了一毛钱，幸福无比。出了中药房，买了两根冰棍，一人一根。她说，冰棍真好看，像奶奶手上的玉镯子，清亮亮的，又像弯月亮一样白，真想天天吃。他说，行，我们明天还捡！两个幸福的人，一路说着，回了家。

后来，他们又往中药房里跑了好几天，每次都是三十只蝉蜕，换一毛钱，再换成两根五分钱的冰棍。中药房的阿姨喜欢上了这个趴上了柜台的大眼睛女孩，后来每次收了他们的蝉蜕，还要和她逗几句。

再后来他们的秘密被其他小孩儿知道了，于是大家都捡，僧多粥少，自然，想凑够三十只很难。每次她都捡不了几只，可他，变戏法似的，一个转身，就是几十只。别人没有冰棍吃，他们还有，她牵着他的手，感到骄傲而幸福。

后来夏天过了，但她依然开心，仿佛一个夏天冰棍的甜都囤在心里了。然后上学了，一道儿去，一道儿回，书包重了他替她背。夏天再到的时候，就一道儿又去找蝉蜕。中药房的阿姨爱极了这个伶俐漂亮的丫头，把她收作干女儿，留她吃饭，却没注意柜台下面还有一个脑袋。

两个人一路要好着读完小学，读完初中，升高中。只是，都是家境不好的人家，底下都有好几个弟妹，他辍学了，外出打工。她勉强在高中读书，是当年的中药房阿姨——后来的干妈站出来了，拿了学费，供她读书。

暑假的时候，他再不会和她一道儿捡蝉蜕了。她也再没吃那冰凉清亮的冰棍，分外落寞，写信给他，问他，为什么当年别人都捡不到蝉蜕了，而他还能捡到那么多？他回信说，这是秘密，如果有将来，他慢慢告诉她——把一辈子的爱磨进去，掺和在一起，来为她揭开谜底。

只是，他们没有将来。

她高中毕业后，干妈家来人提亲，她老实厚道的父母赶紧答应，三年的高中学费都是干妈家出的，他们不敢征求女儿的意见，怕她不答应。毕竟，也是一户不错的人家，在镇上开着祖传的中药房，嫁过去，将来还可以接济娘家的弟妹们。

她哭。她写信给他，他没有回。她嫁了。

婚后，日子安稳。夏天到了，她站在柜台前忙活，接过婆婆手里的那杆秤。丈夫递给她一盒奶油的冰激凌，她说，她想吃从前的那种简单的冰棍。丈夫笑了，说，现在哪里能找到那种古董！

可是，就有那种东西。十几年后，在镇新辟的工业区里，就有一家名为"老冰棍"的冷饮生产厂家。

十几年他乡闯荡，他终于回乡创业了。在生产的名目繁多的冰激凌中，他只挑了一盒老冰棍，托人送给她，随盒附了一封信说，收到当年的最后一封信时，她已结婚半年。信是同乡过年时顺带回来的，因为，那时他刚离开之前打工的地方。在外漂泊不定，他没敢给她写信，只等着过年回来，哪知道……

他说，那个找蝉蜕的秘密他原本打算用一辈子说给她听的，如今却已经没有必要。其实很简单，就是一个人早点儿出发，背地里去更远的地方，爬进黄麻地，蹿上更高的泡桐树丫，找了蝉蜕，一个人揣着。等到牵着她的手一起找时，一个转身，趁她不注意，全倒出来。他希望她天天有冰棍吃，却不要太受苦。

　　信只说到这里。

　　至于后来，他早早出去打工，想挣钱造漂亮的房子，隆重地娶她。就好像小时候，他早早出发，去很远的地方，然后一个转身，变戏法似的，弄出很多让她开心的东西……这些，他没有说。他想，她是懂他的，包括他的痛。虽然，最后他一个转身，去了很远的他乡，但再回来时，不见了她，也不再有她和他一起吃那清玉一样的冰棍。

　　她剥开老冰棍菊黄色的包装纸，露出的是一块长条形白璧一样的冰棍，淡淡的白，淡淡的青，只是形状似乎比当年的瘦了些，像沉在水底的白月牙。此时，楼外的蝉鸣一声声穿过厚重的枝叶丛，直往云霄处去，执着、热切、强劲，仿佛千万颗跳动的心。

　　她想起来，蝉其实是一种寂寞而充满悲情的昆虫，在黑暗的地底下沉默多年，只为了最后在枝上那一季的深情表白。蝉的前身是中药，瓦罐里温热的中药，但是没有后来，后来那是另一种薄衣过残冬的结局，很少有人过问。就好像此刻她手里的老冰棍，结局也可以是化成了一纸的泪。

文/冬晴许子

雪地里的一抹柔黄

1

母亲躲在一片茂盛的玉米地里，将雀跃路过的我一把搂在怀里。我吓坏了，愣愣地看着她。她故作神秘地将一个裹满黄土的罐子递给我，眨着眼睛说，虎子，给你爸送去，就说，这水是你帮他从山里舀来的。

我将陈旧的水罐抱在怀里，双手迅速地向母亲摊开。她从口袋里摸索出两个硬币塞到我掌心里，而后潜伏在绿叶深处目送我渐渐离去。

许多时日后，我仍不明白，如此短暂的路途，母亲为何不亲自将水送到父亲手里？当然，我不曾当面问过母亲这样的问题。对于一个孩子来说，有什么能比永无休止的报酬更重要？万一，我的提问让母亲豁然领悟了，她从此独自一人抱着水罐去茫茫的黄土地上寻找父亲了，我岂不是要即刻面临"失业"？

滚滚的烈日下，父亲只要瞥到了我，便会不顾一切地放下手中的板锄，将我揽在怀里，一遍又一遍地问，虎子又给爸爸送水来了？虎子今天去哪儿打的水？

母亲似乎太过于了解父亲。从第一次送水，她就猜到父亲会问怎样的问题。因而，她将那些虚无的答案，一条一条地罗列给我，让我铭记。

我仰着面，安躺在父亲怀里，镇定自若地把母亲先前所说的话语复述给他听，看他嬉笑，展眉，用坚硬的胡楂儿扎我，咯咯乱笑。这时，我相信母亲是在暗处注视着我们的，只是，父亲从来都不知道。

后来，听隔壁邻居闲谈，才知道母亲不去地里劳作的原因。生我的前一天，山野里飘起了鹅毛大雪。母亲为了省钱，提议在村里接生。父亲死活不答应，嫌不够卫生，怕沾染恶疾，将她抱上了门前的木板车。

山路多长啊，漫天的雪花飘洒在破旧的棉被上。父亲一面走，一面用粗糙的大手帮母亲拍打雪花。

母亲在县医院安然生下了我，但从此不能再下地干活。这个在旁人眼中看似无关紧要的后遗症，对于能力有限、地广牲多的父亲来说，丝毫不亚于晴天霹雳。

从此，执拗的父亲再不要母亲干涉农活。他愧疚地以为，是自己当年的固执，硬驮着母亲赶路，才让其落下今时的病症。

2

十岁那年，父亲终于决定外出谋生。他说，村里的男人大都出去了，他也得出去挣点儿钱，以后让我进城念好的学校。他说这些话的时候，母亲正倚在门上，用破旧的头巾兴高采烈地扑打着堆积一年的灰尘。

随父亲的高谈阔论，她的动作变得越来越慢。她心里知道，父亲如果不出去，此生都是有遗憾的。父亲出去的目的，实质并不仅仅是为了我以后的前程，更多的，是慰藉一个年轻男人的梦想。村里所有的男人都已经出去了，看过了外面精彩纷呈的世界，为他们的家人带来了城市里的商品。唯独我的父亲没有。他整日守着我与母亲，还有那片宽广的黄土地。

母亲没有阻拦他，默默地进屋帮他收拾行囊。父亲和她说话，她也仅是勉强地笑笑。她不想让父亲看出她的伤悲。一直以来，她都是以温柔贤惠、善解人意的面貌出现在父亲世界里的。她不想因为此刻的不情愿的分离而一反常态，并阻挡父亲渴慕前行的脚步。

父亲走的这天，母亲没有出门送他。我以为，母亲不在乎父亲的走与留。殊不料，我却在午后的玩耍中，偶然看到了蹲坐在玉米地埂上的母亲。她独自默默流泪，身旁，还有一罐昨日外出时打好的泉水。

面前的母亲，和一个时辰前与父亲欢笑着告别的母亲，俨然判若两人。我捧着那个陈旧的水罐，站在灰蒙蒙的天际下，审视父亲劳作过的土地，泪水再次奔流。此刻，这些热泪不为我的父亲，而是感动于我的母亲在无意间所流露出的真情。

母亲提着水罐默默行走在山路上。我不说话，只是静静地跟着她。晚饭的时候，她一如往常般兴冲冲地将三副碗筷搁在桌上，亮着嗓子轻喊，虎子，虎子，快叫你爸回来吃饭了！她一面喊着，一面"噼里啪啦"地将锅铲捣得脆响。我知道，今天是母亲的生日。因为往日空空如也的门缝里插进了些许鲜绿的艾叶。艾叶代表团圆，代表美满。

我放下手中的玩具枪，独自奔出木门。跑了一段路之后，恍然记起些什么，又兴奋地回来问，妈，妈，我爸什么时候回来的？

门内，忽然没了锅碗瓢盆的动静。我似乎听到母亲心碎的声音，如同风过草隙。父亲临走时，门上已经插满了鲜绿的艾叶。他以为，这些艾叶是母亲买来为他送行的，意在消灾解祸。因此，他还在临行前轻责，何必如此铺张浪费？

他忘了，他走的那天，便是母亲三十五岁生日。

3

父亲回来的那天，隔壁邻居都过来看了。母亲死活不说话，直到父亲从兜里掏出一枚精致的黄色发卡展现在她眼前时，才咯咯地讪笑。

我认识，那是一朵多么漂亮的迎春花啊！黄色的蕊，黄色的瓣，如同一只翩翩起舞的蝴蝶。父亲将它插入母亲的发隙中，用手指一按，"咔嗒"一声，便定住了身形。

父亲说，城里的姑娘都在头上戴这种夹子呢！母亲漫不经心地问，城里的姑娘都漂亮吧？父亲不语。怎么了？都漂亮到让你茶饭不思，不要我们了？母亲不依不饶地追问。

其实，我当时能看出，母亲的心里是异常欢喜的。对于父亲，她从来没有过多的要求。从记事起，她就隔三岔五地叮嘱我，你爸这辈子为你吃了那么多苦，以后长大了，一定要好好孝顺他，知道吗？

我的回答总是令她满意的。但后来想想，竟有许多不明之处。譬如，她从不曾要求过我，以后要好好地孝顺她。似乎在孝顺这件事上，她更愿将全部的全部，都转移到父亲身上。

没过几天，父亲又回到城里去了。这次，他要去很长时间，春节才回来。期间，他给家里写过两封信说，自己在一家公司里帮忙搬运，货物虽不重，可都是高档货。因此，按提成来算，很能赚些钱，叫我和母亲不要担心，照顾好自己。

那两封简短的信，不识字的母亲硬是让我立在门头念了许多遍。而她每听完一遍，都要在地埂旁坐上很长时间。

春节前，母亲收到了父亲的汇款。经过一夜的深思，母亲最终决定，带我坐上书记的车，去城里添置些东西，好给父亲一个惊喜。在城里，母亲买了一条男士羊毛围巾、两张年画和一个偌大的二手衣柜。母亲说，这种衣柜，放在家里够气派，你爸很早以前就想要了。

衣柜有了，可搬运成了问题。母亲干不了重活，而我又年幼。因此，只得花一点儿工钱，去桥头上雇个工人，帮忙搬上书记回程的汽车。

桥头的工人可真多啊，躺的躺，坐的坐，密密麻麻地聚集了一地。前头的几个老练的小工一看到我和母亲，便迅速起身围了过来，不停地问，要不要工人？要不要工人？

母亲不理会他，慢慢地往里找。她想，可得找个壮实一些的。这样，不但不会把柜子磕坏，还只需付一个人的工钱。

寻思间，一个声音粗犷的男人对着密集的小工打趣，嘿，是不是又来老板了？找我啊，我力气可大着呢，庄稼人，不偷懒！

母亲迅速拨开人群，朝发声的位置看去。不远处的空地上，赫然坐着一个头发蓬乱、衣衫褴褛的男人。我看不清那张黑黝黝的脸，只是他手臂上的疤痕，让我辨认出，他便是我的父亲。他在见到我与母亲的一瞬间，惊慌失措地捂着肚子往里跑，似乎是急着上厕所。

母亲没有叫他，目不转睛地看着那个熟悉的背影渐渐消失在视野里。母亲想，如果她在此刻硬拉住父亲，询问他信中所说内容的话，一定会深深触伤父亲的尊严。于是，她坚强地扭转头，随便指了一个在旁的男人，而后拉着我，飞也似的向前奔去。

我气喘吁吁地抬头，想要母亲慢些，却看到那些簌簌掉落的热泪，一串一串地下来，打湿了那条新买的羊毛围巾。

4

父亲出事的那天，母亲正在门前扫雪。一个神色匆忙的男人从那头的马车上跳下来说，不好啦，不好啦，虎子他爹出事啦！

新落的雪花，如同书背上的白纸一般，又急急覆盖了新扫出的空地。母亲跟着那个矮小的男人上了马车，我孤零零地站在门口，抱起那堆沾满黄泥的衣服，一声又一声地叫着妈妈。

村里有人说，父亲是在搬运家具的时候出的事。楼梯上的水结了冰，太滑，父亲一时没有站稳，摔了下来。那张原本一百多斤重的八仙桌，便毫不留情地砸向了他的身体。我整夜整夜睡不着觉，想着父亲摔下楼梯的情景——那样的磕碰，该有多疼！

父亲终于还是没能救活。抬棺那天，母亲盘起了头发。她将那朵柔黄的迎春花，又缓缓插入了发隙。我没有哭，母亲亦没有。

亲朋散去之后，我和母亲默默地收拾家里的残局。洗碗时，她将着蓬乱的头发惊呼，我的发卡呢？我的发卡呢？

当夜，母亲硬拉着我，在漫天的雪光中，寻找父亲送她的那一枚黄色发卡。我从来没有见她如此疯狂过。印象中，她一直都是那么安详而又矜持，和书本上所写的那些农村母亲一般，从不善于表达心中的情感。

　　大雪呼啸着席卷了山野。黢黑的路上，我和母亲趴跪在蚀骨的雪地上，一步一步地顺着掩埋父亲的方向找寻而去。

　　母亲的发卡真丢了。我当时极为不悦，不明白母亲为何如此看重一个普通的发卡。父亲的早亡，她不曾哭泣，如今，却在惨白的雪夜里，为一枚无足轻重的发卡哭得没了声息。

　　时光荏苒，我终于渐渐明白，当年的那枚发卡，已不仅仅是一个简单的饰物。那是一种念想，亦是母亲对苦难父亲唯一可寻的情感寄托。

　　当雪花再度悄然覆盖了村庄，我已不觉寒冷。因为我知道，在这个白雪皑皑的世界里，一定有一枚温热的发卡在寒冬的深处，默默地护着一朵柔黄的迎春花。

文/一路开花

有一种爱情，无关风月

许久以来，她以为父母之间，没有爱情。

父亲是一名大学生。在父亲那个年代，别说大学生，就是高中生也稀罕，而母亲一字不识。在母亲那个年代，孩子多，肚子都填不饱，遑论女孩，就是男孩上学都寥寥无几。

然而，他们却不可思议地结婚了，并生了三个孩子。从二十岁出头一直走到将近花甲之年的今天。这当然不是因为母亲年轻时美丽无比或温柔至极，让父亲不顾一切，而是爷爷的右派身份连累了他，因此接受了这桩婚姻。最初父亲多少是感到有点儿委屈和无奈的。

记忆里，他们经常吵架。母亲是急性子，田地里农活没干完，地里庄稼长势不旺，小猪崽生病不吃食了……母亲就会急得整夜睡不着觉。父亲是慢性子，老家土话叫"憨性子"，遇事不急不慌，镇静自若,父亲说这叫"泰山崩于前而色不变",母亲却说这是"老虎撵来了,还要看看是公是母"。

小时候,几乎每到大年三十都得吵一架,起因大多不值一提。大年三十白天,家家都得贴春联、门庆、年画,据说贴得越早,越能给来年带来好运。急性子的母亲总嫌慢性子的父亲贴得太晚,过年事情本来就多,拔起萝卜带起泥,事情套事情,越数落越来气,越来气越数落,结果往往是鞭炮的硝烟味和吵架的火药味,当了年夜饭的佐餐。

父亲在离家十多里的另一个乡的中学任教。父亲虽然是工作的人,但农活上也是好把式,犁田打耙、车水侍苗,样样都能来。他对工作和学生很负责,又常带毕业班,两头经常兼顾不了。但犁田打耙这种大农活,再能干的女人都做不了,因此到了春耕季节,父亲常常是天不亮就下田去犁田。

一次,天不亮,父亲肩上扛着犁,牵着老水牛准备下田了,母亲在后面扛着耙,带着起早做的简单早饭。

一块田犁好耙好,太阳也升起丈八高了,因为今天要进行毕业班摸底考试,所以父亲吆喝好老水牛后,脚也没洗饭也没吃,就带着一脚泥匆匆往学校赶,母亲追在后面喊,把早饭吃了再走啊!来不及了!父亲边跑边答。

父亲转了一个山坳就不见影子了,母亲继续在耙好的田里做些平整工作。看着田埂上父亲没来得及吃的一搪瓷缸饭菜,母亲想,父亲到了学校就要工作，再说食堂过了早饭时间，那就要饿一上午啊——可别把身体饿坏了。

想到这里，母亲再也无心干活，让附近干活的乡亲照应一下田里后，揣着搪瓷缸就往学校赶去……

母亲年轻时身体非常壮实，再加上性格要强，能吃苦耐劳，人称"铁人"。后来年岁大了，终归岁月不饶人，渐渐也生病了。母亲做姑娘的时候，就有胆道蛔虫这个病，痛起来恨不能钻天入地，然而那时医疗条件实在太差，一直治不了。奇怪的是结婚之后许多年没有犯病，后来年纪大了，旧病复发，并且连累到了肝，导致肝脏部分硬化。一直采取的是保守治疗，都想肝那么重要的部位，能不动手术最好不动。

2003 年，母亲突然病重，老家的医生已经束手无策，下了病危通知书。父亲接到这个消息时简直吓傻了，他火速把母亲送进上海最好的肝胆专科医院，医生说，要立即进行手术，否则性命不保。

手术做了六个多小时，母亲被切掉了大半边已经硬化的肝。当医生宣布，病人暂时脱离生命危险，但不能排除有严重术后并发症的可能，并给父亲和她看那白盘子中切出的硬化肝时，她印象中从未流过泪水的父亲突然泪如泉涌。

他跌跌撞撞跑进隔离病室，在脸上身上插着各种管子的母亲床前跪下，用手颤抖地、久久地抚着母亲的额头和头发，轻轻喊着母亲的名字，握住母亲的手紧紧贴在脸上。

也许是上苍被父亲感动了，母亲术后状况良好。

母亲住院期间，父亲赶着她去工作，说有他照顾母亲就行了。父亲买了个小酒精炉，买了乌鱼、小仔鸡、小排骨等东西，在走廊里炖给母亲吃，他说光在饭店买太贵，自己动手经济又营养。

父亲细心地用小勺喂母亲喝鸡汤，看着平时有点儿马大哈的父亲，一勺一勺耐心地喂着母亲，还用小毛巾擦拭母亲嘴角漏下的汤水，母亲一脸幸福的表情，她的眼眶温热而潮湿。

父亲退休后，去她的城市住了几个月，天渐凉了，她刚想给父亲买几件秋衣，在老家的母亲就托人把父亲的秋冬衣服寄来了。

她与父亲虽然是父女，但也常像知心朋友一样谈心。她曾问父亲，跟母亲过一辈子，有没有觉得遗憾？父亲笑笑说，要说一点儿遗憾没有，那是假的，文化和思想上的差距，客观地在那里存在——但是也没有后悔过，你妈这个人脾气虽然急躁点儿，但是个好人，心地善良。从年轻到年老，也跟着我吃了大半辈子苦，虽谈不上志同道合，但一辈子在一起，就像身体的一部分了，分不开的。

人说生命是一场苦役，因为每个人，生来是一张"苦"字脸。是的，仔细摸摸我们自己的脸，一横一竖，凑成一个多么方正的"苦"

字！我们的一生，有太多的艰辛、太多的泪水、太多的苦涩，幸好，还有一种叫作"情"的东西相伴。

就像她的父母，没有玫瑰花、没有巧克力、没有蜜语甜言，更没有情书缠绵、山盟海誓，然而他们之间有个"情"字。

这个"情"字，无关风月，却血肉相连。这个"情"字，让辛酸、多舛的人生成为一场甜蜜的苦役。

文/钱灵芸

硬币花

那几年，女人过得很苦。丈夫在某一天夜里丢下她和刚上初中的女儿小玲，突然撒手而去。偏偏女人那时候下了岗，家里失去唯一的经济来源，日子更是雪上加霜。生活仿佛一下子走到了尽头，眼前，只有望不到边的黑暗和绝望。

正是这时候，男人拉了她一把。

男人和她有过一段荡气回肠的恋情。当然只是曾经，生活并没有让两个人最终走到一起。有时在街上邂逅，男人会向女人微笑着点点头，甚至停下来，轻松地和她拉几句家常。人生就是这样，过去的就过去了，敢爱敢恨或许只是一种假设。为什么要恨呢？那会让一个人变得狭隘和痛苦，永远生活在自我折磨之中。

男人经营着一个很小的服装厂。工厂效益虽然并不理想，可是他认为，从厂里挤出一点儿事给女人做，应该并不太难。可是让女人做什么呢？她不会蹬万能机，不会裁剪，不会数据统计，甚至提不起沉重的电熨斗，并且以女人那样单薄的身体，能经受得住那么辛苦的车间劳动吗？

愁眉不展的男人想了好几天，终于有了办法。他想起女人曾经为他钩过一副很漂亮的手套，这说明，女人会使用钩针。那么为什么不让她为工厂钩些"硬币花"呢？

"硬币花"是一种用细毛线钩成的五个花瓣的小花，二分硬币一般大小，缝在出口毛衣的袖口和胸前。

作为一种服装辅料，"硬币花"用量很大，他的工厂一直需要这种"硬币花"。以前，他总是把这些钩"硬币花"的活儿分给附近郊区的农妇，这样不仅保证了工厂编制的精简，还使得那些郊区农妇在农闲时有一点儿额外的收入。钩"硬币花"并不太难，半天就可以学会，手头快的农妇，一天就可以钩出 200 多朵。他会为每朵"硬币花"支付一毛钱，对她们来说，这也算一笔可观的收入了。

他把这想法跟女人说了，女人当然很高兴。生活再一次看到了希望，她的女儿，还可以继续读书。从此每个月的固定一天，女人都会来到他的工厂，送来钩好的"硬币花"，领走下个月需用的毛线，然后将她的收入一五一十地结算清楚。

那天他会准时坐在办公室里和女人一起数着一朵一朵的"硬币花"，那些五颜六色的小花在他的办公桌上开放，他似乎闻到了它们的芬芳。

女人钩花的速度越来越快，加上起早贪黑，每个月，她都会有一笔可以勉强将生活维持下去的收入。用这些钱，她的女儿读完了初中和高中，考上了理想的大学。因为女儿，因为"硬币花"，女人虽然很累，却很开心。

第二年，男人不再需要附近郊区的农妇们为他加工"硬币花"。他说现在这种毛衣出口量减少了，"硬币花"用量不大，女人一个人来钩就已经足够。

他的做法当然招来一些风言风语，有些话甚至说得很刻薄。可是他置之不理，每个月的那一天，他照例都会在办公室，和女人一起趴在桌子上数着一朵一朵的"硬币花"。

后来，他把每朵"硬币花"的手工费涨到了两毛钱。女人说："一毛钱就挺好了。"他说："不，现在全国都是两毛钱的价格，怎好还让你拿那么低的价钱？"看男人决定了，女人再没有推辞。那时，女儿读大学了，生活压力变得更大。每个"硬币花"从一毛钱变成两毛钱，这等于说，女人每个月的收入会增加一倍。女人想，等她学贸易的女儿大学毕业，一切都会变得好起来。到那时，她和女儿，一定要好好谢谢男人。

女人每天钩着五颜六色的"硬币花"，一晃就是十年。

那天，女人最后一次去男人的工厂——和她大学毕业的女儿一起去的。她说："感谢你这么多年给我的帮助。如果没有你和你的'硬币花'，我和小玲，可能熬不到现在。现在我要和女儿去另外一个城市——她在那里，有一份很好的工作。"

男人说："你不用感谢我，其实我也没帮上什么忙。钱是你自己挣的，又不是我的施舍。"然后他们坐在一个小饭馆吃了一顿饭，那也是男人最后一次见到女人。

几年以后，男人的工厂遭遇了前所未有的困境。成衣开始积压，资金周转困难。由于没钱购买生产所需的布料，他的工厂几乎处于半停产状态。面对眼前的窘迫，男人一筹莫展。男人甚至想，他和他的工厂，可能熬不过这道难关。

可是突然之间，一切峰回路转。

那天，工厂里来了一位年轻人，自称是某个公司的业务员，要在几天之内采购到大量的"硬币花"。他说他跑了很多服装厂，可是都没有找到他所需要的"硬币花"。如果贵工厂有现货的话，他们公司愿意出很高的价钱购买。

男人说："有。"

男人带他去仓库，然后打开角落里一个巨大的木柜。木柜里塞满了很多叠放整齐的布包，男人取出其中一个布包，打开，布包里竟然全是五颜六色的"硬币花"！

年轻人随手捏起几个，捧在手里细细地看。他说："这些'硬币花'我们公司全要了……总共有多少朵？"

男人说："约100万朵。"

年轻人问："怎么会有这么大的库存量？"

男人笑笑说："十几年前，工厂需要很多这样的'硬币花'，可是后来，我们不再出口那几款需要'硬币花'的毛衣，这'硬币花'就积压下来了……这是一位女人十年的劳动，每天钩300朵左右，钩了整整十年……这里有100多包，每一包，正好10000朵。"

男人知道，他和工厂的难关要过去了。他会用卖掉这些"硬币花"的钱购买急需的布料，重新组织生产。如果一切顺利，他坚信自己的工厂马上就会好起来。

这些看似没有生命的"硬币花"，不但帮助女人渡过了难关，更帮助了男人自己。现在，这些五颜六色的"硬币花"似乎真在竞相开放。它们姹紫嫣红，散着迷人的芳香，为男人带来了好运。

故事到这里，其实才刚刚开始。

年轻人伏在桌子上，为这笔货款签下一张支票。男人接过支票，感激地问他："能问一下您老板的名字吗？"

"她叫小玲，"年轻人说，"她说她的母亲，曾经在十年时间里，为您的工厂栽下100多万朵'硬币花'。"

文/阿亮

不浇水的骆驼刺

大漠的边缘，挣扎着长出他们的土屋。那么小，歪歪斜斜地迎着烈日黄沙，更像一棵长在那里的骆驼刺。事实上他们真的栽了一棵骆驼刺。

男人从大漠深处挖回来，栽进一口废旧的大缸。他对女人说骆驼刺好栽，一两个月浇一次水就行。到初夏，就会开出鹅黄色小花。那时，咱们的屋子，也被染成暖暖的鹅黄色了。

大漠里风大，一年两次，一次半年。经常，早晨起来，门就推不开了。男人从窗口跳出去，拿着铁锹，清理试图掩埋他们的黄沙。那时女人倚在窗口，看近处汗流浃背的男人，看远处稀稀落落的胡杨树和沙拐枣，看窗前那棵骆驼刺。

她说，骆驼刺会开花吗？某一天，这沙会埋掉我们的家吗？

男人停下铁锹，抬起头说，会开花，不会埋掉。男人的话总是简洁利索，纯粹且底气十足。

男人的工作，在大漠。跟随男人的，有女人，有家，有他们的爱情。虽然男人回家的时间飘忽不定，女人却总有办法在男人推开门时，恰好把热饭热菜端上桌。

其实大漠边缘的土屋并不孤单，就在他们不远处，还住着男人的同事。可是女人总觉得浑浑天地间只剩下她和男人，只剩下他们相依为命的爱情。男人说，他们的爱情，就像那棵骆驼刺，耐干耐旱。不必悉心照料，甚至半年不浇水，也不会干枯，照样茁壮。

骆驼刺年年开花。那时他们的家，真的被染成温暖的鹅黄。爱情——骆驼刺，他们融合了两个毫不相干的单词。

后来他们回到了城市。他们舍弃了大漠里的一切，只带回那棵骆驼刺。骆驼刺被男人摆在阳台，与他们宽敞明亮的房子和精致的摆设极不协调。女人说要不要丢掉它，换棵巴西木？男人说不要，留着——这棵骆驼刺，见证了那段最艰难的日子，以及我们相依为命的爱情。

不再有黄沙掩埋他们的房子。男人起了床，穿着睡衣，慵懒地翻看着报纸。女人倚在窗口，看熙熙攘攘的人流，看繁华湿润的街道，看淡蓝潋滟的人工湖。

她知道遥远的地方有大漠，有风沙，有稀疏的沙拐枣、假木贼和胡杨树，有生长在沙丘上的骆驼刺。她注视着阳台上的骆驼刺。

它正开着无精打采的淡黄色小花。这棵骆驼刺，已经彻底归属了城市。

　　男人越来越忙。他不再需要搬动挡住屋门的沙丘，却远比搬动沙丘忙碌百倍。后来女人有了工作，也变得忙碌。他们的交流越来越少，有时好几天，都说不了几句话。她不再盼着男人回来，不再把准备两个人共同的晚餐，当成一天中唯一的事。很多时候，男人推开家门，女人正守着电视，看得眉开眼笑。没关系。城市中，只需一个电话，只需五分钟，便会有人送来温热可口的饭菜。城市与大漠的区别，就是把人变得慵懒，把一切变得淡漠。
　　尽管男人仍然深爱着女人，尽管女人仍然深爱着男人，可是他们好像真的不再需要那些缠绵的情话了。他们照料着自己的工作，照料着各种各样的人际关系，照料着城市里的一切，却不再照料他们的爱情。城市里有无数个她和男人，有无数个她和男人的爱情，这里不是大漠，他们，还有他们的爱情，全都微不足道。包括那棵骆驼刺，也包括那些无精打采的鹅黄色小花。就像精致的室内装潢，并不需要那些花儿的点缀。

　　那天女人在阳台，忽然发现骆驼刺开始干枯。它像一株即将脱水的标本，每一根变成细刺的叶子，都接近萎黄。女人被自己的发现吓了一跳，她一下子想到了他们的爱情。

女人冲向厨房。她接了满满一盆水，一滴不剩地浇给了骆驼刺。

女人给男人打电话。已是深夜，男人还在外面应酬。男人说有事吗？女人说，骆驼刺要枯了。她能感觉到男人在那边愣住了。也许男人在想，这么耐旱的骆驼刺，竟然也会干枯？难道三四个月来，他和女人，没有给那棵骆驼刺浇一点点水？男人沉默了很久，说，知道了，然后放下电话。

放下电话的男人，推开了身边的事，赶回了家。

男人坐在沙发上，低头不语。也许他感到一种恐惧，也许只是伤感。女人说，我们怎么会这么忙？女人说，我们怎么会连给骆驼刺浇点儿水的时间也没有？女人说，你曾经说过，骆驼刺就像我们耐干耐旱的爱情，几个月不浇水，照样茂盛。女人说，可是今天如果不是无意中发现，那棵骆驼刺，可能真的要枯死了。女人说，不浇水的爱情，会不会枯萎？女人的眼角开始湿润，一滴泪终于顽强地盈出。

男人吻了她。男人说，做饭吧，我们。

几个月来，他们头一次在家里做饭。厨房里竟然积满了灰尘。仔细看，灶台上甚至盖着一层极细小的沙粒。原来，城市里，竟也有风沙的。

女人抹着灶台的灰尘，她说，骆驼刺明年会开花吗？某一天，这些沙会埋掉我们的家吗？男人停下手里的活，抬起头说，会开花，不会埋掉。男人的话再一次变得简洁利索，纯粹且底气十足。

那夜女人不停地去看她的骆驼刺，仿佛那些刚刚喝足水的枝枝丫丫，已经开始泛绿。于是女人笑了。她梦见了大漠，梦见了漫天的黄沙，梦见了挣扎在大漠里歪歪斜斜的土屋。她看见风沙正在湮没一切，可是她躺在染成鹅黄的温暖的土屋里，枕着男人的胳膊，睡得安静踏实。

文/小海

爱的谎言

每天下午，都会在小区里看到他们。他瘦，尖下颏，高颧骨，黑红脸膛；她胖，眉眼如画，面色如玉。

她伏在他的背上，伸手往东一指，说："去看看花园里那株雏菊吧，该开花了。"他便默默地背着她去花园。她再往西一指，说："去秋千架上坐坐。"他便背着她过去，小心地把她放在秋千上，一手护着她，一手轻轻推动秋千。

有时候他背着她，只是慢慢悠悠地走，走出小区，走过菜市场，走过商铺林立的街道……走不动了，就把她放在站牌旁边的座椅上休息一下，再继续走。兴致来时，他甚至会背着她，和旁边疾驰的自行车赛跑……

以前，她很在乎别人的目光和议论，现在，她不再管那些含义复杂的目光了，她只疼惜这个背着她的男人。她会不时用手帕帮他拭汗，隔一会儿便要求他停下歇一会儿。不再年轻了，他背着她，真的很吃力，走几步，就喘得很急。她一直在尝试各种各样的减肥办法，想让他轻松一些，但他坚决反对她节食。他用手比画着告诉她："你就是再重10斤，我一样能背你爬上六楼。"

就是这样一对夫妻，她不能走路，他不能说话。

她是突然不能走路的——她连续加班几天，终于完成了那个新项目。她长舒一口气，从椅子上站起来，却天旋地转，眼前一黑，人就倒了，醒了后就再不能站起来——是过度疲劳引发的脑溢血，中风瘫痪。

他就是从那时开始背她的。从前，他也背她。那时正热恋，她撒娇让他背着上楼，不等他同意，她娇俏的身子轻轻一跃，便跳上了他的背。她温软的身子贴着他的后背，他心荡神驰，整个人都醉了。如今，她是他背上的一道风景。

他背着她，从一家医院转到另一家医院，从一楼爬到五楼……在医生宣布她不能再站起来时，她绝望得想一死了之。他把她从死亡线上拉回来，她醒来，歇斯底里地哭："腿废了，我活着还有什么意思？"他抓着她的手，使劲儿把她揽进怀里，说："我说过要你陪我一辈子，你不能走，我背你！"他的声音那么平静，没有波澜，没有犹豫。

这个以前被她照顾得连袜子都不会洗的男人，开始细致地照顾她。他学着做饭，照着菜谱为她熬香软的粥；他粗糙的手笨拙地为她梳理长发，扎麻花辫；她便秘，他戴着手套帮她往外抠；她烦躁郁闷，他就陪着她下五子棋，买影碟机，放她喜欢的歌和电影；她风风火火的性格，家里自然是待不住的，他就背着她去逛商场，去街上吃麻辣粉，去公园听人唱戏拉二胡……

她还是不想活，是心疼他。她病后他就没吃过一顿热饭，没睡过一次好觉，他把她背来背去，她成了他的拖累。那一次，她偷偷喝下过量的安眠药，她是真的想就那样一睡不醒。却还是被他救了过来，他抱着她哭得像个孩子："你不在了，我一个人还有什么意思？"

她病后第三个月，他突然不会说话了。嘴巴在动，就是没有声音。她急了，催他去看医生。他去了，带回来一纸医生的诊断书：声带囊肿，引发失声。她抱着他哭，为什么总是祸不单行？他并不悲伤，反而轻松地在纸上告诉她：你不能走，我不能说，以后，咱俩谁也不能嫌弃谁，要好好过。

他们相互扶持，他是她的双腿，她是他的声音。去买菜，他背着她，她跟人讨价还价；有客人来，他做饭，她负责陪客人聊天；他背着她去楼下散步，她主动和邻居打招呼；她指挥着他，阳台的花该浇了，床罩该洗了，燃气公司打电话来，要交费了……他笑着，服服帖帖地一一照做。

他们彼此需要，惺惺相惜，结婚十年，从来没有像现在这样和谐过。她甚至开始在他的鼓励下，锻炼着自己抬腿走路。渐渐地，她的腿变得有力了，能抬一点儿了，能拄着拐杖走几步了……他不说话，可她每前进一步，他的眼睛里都充满了无限的欣喜。

　　病后第八个月，她居然能够重新走路了。他带她到医院复查，医生都惊呆了，得这个病的人，没有能在这么短的时间里恢复的。医生扬着手里的诊断书笑着对他说："这是你创造的奇迹！不过，也有我的功劳呢。"他拥着她，笑着回答："我就知道，一定会有这一天的。"

　　她诧异地看向他，忽然就流泪了。这个瘦削沉默的男人，他不但用并不宽阔的脊背给了她最深的爱，还和医生联合编织了他失声的谎言。他用他的脊背，用这五个月爱的谎言向她证明，这辈子，他和她，必须不离不弃。

文/萱子

墙

1959年，女人成了寡妇。丈夫突然撒手而去，撇下她和两个妞妞。那是三年困难时期的头一年，那年金妞三岁，银妞一岁。两个女娃天天趴在炕头上号啕，把女人啃得青一块紫一块。好几次女人动了死的心思，两只手各掐住两个妞妞的脖子，到最后，又缩了手，把自己的头发一把一把往下揪。

只剩一把骨头的女人在院里的麦秸垛下拣麦粒。去年的麦秸垛，女人幻想能在下面拣些麦粒给妞妞们熬碗粥。是春天，太阳无精打采地照着，院子里的月季刚鼓出花苞。女人饿极了，摘一朵花苞塞嘴里嚼，竟然满嘴甜香。

女人乐坏了，忙摘了几朵往屋里跑。她说妞妞咱们有吃的了！跑得急，被门槛绊了一跤，下巴磕得血肉模糊。躺在地上的女人咧开嘴笑，妞妞，咱们有吃的了！

男人是女人的邻居，两家一墙之隔。下过雨，土墙垮掉一角，男人重新把土墙垒起来。却没垒到原来的高度，那里多出一个弧形的缺口。那缺口让女人颤颤地慌。

夜里女人听到院子里嘭嘭两声，像有人跳进来。胆战心惊的女人抽出枕头下面的菜刀，随时准备拼命。她等了很久，院子里再也没有动静。女人大着胆子来到院子，竟然发现地上躺着两根翠绿的萝卜。女人湿了眼，拾了萝卜，去灶台燃了火。她要给两个妞妞熬些汤。他知道她们需要这两根萝卜。

女人对男人的感觉，只有害怕。那是一个身高只及她腰部的男人，女人知道那叫侏儒。侏儒没有爹娘，更不会有女人。侏儒十几岁去上海混戏班子，混到三十多岁，又回到村子，就再也没有离开。

有时女人不小心跟他打了照面，立刻魂飞魄散。那是怎样的一个男人啊！他长着一张猩猩般丑陋的脸，他的胳膊长及膝盖；他的两只眼睛深陷进去，闪着浑浊幽蓝的光。他笑着摸摸金妞的脸说，叫叔。金妞"哇"一声哭，像撞了鬼。

以后的每天夜里，那缺口都会飞来一些东西。半棵白菜、两片薯干、一根萝卜，或者几个麦穗。这些东西让女人和两个妞妞挺过了最难挨的三年。全国人都在挨饿，女人知道他也是吃了上顿没下顿。

　　白天再见他，女人说兄弟，心意我领了，可是你也不好过啊。他笑。他说让妞妞们有口饭吃。女人抹一把泪，转身走，又顿住回头，她说兄弟，如果夜里闷，就来嫂子家坐坐。那张丑陋的脸就红了，不再吱声，低了头匆匆离开。

　　夜里女人坐在院子里等他。等来的，却是从缺口扔过来的一把黄豆。女人就着月光慢慢地捡，边捡边哭，直到天明。

　　饥荒终于过去。尽管仍然吃不饱，却不至于饿死。可是夜里仍然有东西从那个缺口扔过来，从不间断。白天女人遇见他，说，兄弟，别再扔了，用不着了。他嘿嘿笑，不说话。晚上，女人家的院子里，仍然会多出一些东西。

　　灾难说来就来，没有任何前兆。村子里突然多出一些奇怪的标语，然后有人将男人揪上土台，喝令他站好。他们向他抽耳光、啐口水，昨天还亲如一家的父老乡亲，突然变得如魔鬼般狰狞和恐怖。他们怀疑他在上海通过敌，甚至为敌人送过情报。

　　也许他们真的是怀疑，也许，那不过是他们必须完成的一项任务。男人挺起胸膛，大声喊，一派胡言！当然，他的回答为他招来了更多的耳光。女人远远地看着，心一下下地紧，仿佛那些耳光打中了自己的心脏。中午他们命令他站在村里麦场上，以接受更多夏天毒辣的阳光。女人偷偷烙两个饼，夹上两块咸菜，对金妞说，瞅着没人时候，塞给你叔……

　　夜里他被放回来，一个人走进黑暗。女人听他在院子里抽泣，自己也跟着抹眼泪。正哭着,两个萝卜落到身边。女人终忍不住了。她终于扯开嗓子号啕。

后来那些人终于不再折磨他,因为他傻了——有人让他爬上高高的凳子,怒喝道,你给敌人送过情报吧? 他说,一派胡言! 那人就抽了凳子。他从高处一头栽下,当场昏厥。等再次醒来,人就傻了。

他说,我天天给敌人送情报……我把敌人藏在面缸里……我把面缸藏在口袋里……面缸里有一百多个敌人。那些人彼此看看,从此不再斗他。也许他们的任务,就是把一个正常人变成疯子或者傻子。

他傻了,几乎忘掉一切。可是每天夜里,女人的院子里,仍然会落下些东西。半棵白菜、两片薯干、一根萝卜,或者几个麦穗。女人把自己蒙进被子里,说兄弟啊! 她拿被角堵了嘴,再也说不出话。

他的门口,每天都守着人。他们不允许他和任何人接近。事实上,他也从来不主动和任何人接近。因为他性格孤僻,因为性格孤僻的他是个侏儒,因为现在这个侏儒变成了傻子。

女人在街上碰到他,悄悄地说,兄弟,要是你不嫌弃,娶了我吧。两个人,日子好过一些……他红了脸,嘿嘿笑,说,我是丑八怪。女人说你不是丑八怪,你比他们都好看。他呆在那里,支支吾吾说不出话。好久,他说,组织上不会答应。他说的是真的,组织上肯定不会答应。尽管他和女人,其实都没有组织。

日子一天天过来，女人一天天苍老。一天天苍老的女人，彻底失去了某一种心思。可是在晚上，墙的缺口处仍然会飞过来一些东西，从没有一天间断。这些东西让女人相信，在夜里，在墙那边，那个身材矮小的男人，的确是存在的。

后来，金妞远嫁给城里的工人，银妞也嫁给了本村的瓦匠。瓦匠跟着银妞来看娘，把礼物放下，在院子里一圈一圈地转。一会儿回屋，瓦匠说，娘，这房子太破了，翻翻新吧。女人说，好。瓦匠说，还有这墙，这墙也重砌一下吧。女人说不要。

瓦匠说，娘，我都听说了，可是叔现在扔这些东西有什么用呢？他那样的年纪和身材，万一闪了腰，万一有个三长两短……墙砌高了，缺口堵了，其实也是为他好。女人说，可是……瓦匠说，别可是了娘，接您去住您不去，偏守着这老房……彻底修一修吧。

女人的墙被加固和加高，不见了弧形的缺口。夜里女人一个人坐在院子里，看天上的月。墙那边再也不会扔过来两片薯干或者一根萝卜了吧？月亮从这个树梢钻到那个树梢，女人的心里空空荡荡。忽然女人听到墙那边"嘭"一声响，紧接着响起阵阵呻吟。女人站起来，疯了一样往那边跑。

门没拴。女人轻轻一撞，就开了。那是一个完全陌生的院子。月光下女人看到短小的他正躺在地上挣扎，鲜血染红一脸皱纹和一把胡子。他的手里攥一根萝卜，旁边翻着一条破旧的长凳。躺在地上的他咧着嘴笑。他说，妞妞，咱们有吃的了……

三天后，他们举行了简单的婚礼。因为一堵墙，因为一些事，他们的婚礼，已经耽搁了太久。婚礼上的他只会傻笑，婚礼上的她只会流泪，可是我知道，无论哪一种表情，在那时，都是深入骨髓的幸福……

他们全都白了头发。可是那天，我仍然，也必须，祝他们白头偕老。

文/大亮

All over the world, you're the apple of my eye.

世界这么大，我只喜欢你。

Part 2

只有你
是我灵魂的安顿

当我从卧室的窗里向外望悠远的蓝天，
我仿佛觉得母亲凝住我的目光，
布满了整个天空。

一支恸哭的金色钢笔

这是我第五次在她的作业本上愤然留笔："请用钢笔写字！"

她是班里的学生，念五年级，矮小、瘦弱、怯懦。很多次，我真想在分发作业的同时，当着众人的面，狠狠地批评她，要她改用钢笔写字。但又怕这一个小小的举措，会刺伤她敏感又脆弱的心灵。因此，只好每每作罢，悄悄地在那篇被铅笔抹盖的纸页上，写下我要说的话。

她没有一次照做。一如既往地用铅笔打发着布置的作业。我不明白，为何在她文静纯真的背后，深藏着那么让人不可捉摸的倔强。

当我在她的作文本上再次写下那句老生常谈的话时，我决定对她进行点名批评。于是，那个阳光遍洒的午后，批评过后，便有了这样一个场景——我一面踱着步子解析优秀作文的词句，一面时不时地用余光安抚在角落里默默流泪的她。

她开始躲我，神色仓皇，像春花躲秋风一般，硬生生地要远隔整个炎炎夏季。譬如，我明明见她在那头的路口朝我迎面走来，却会在猛一个不经意的时刻里，恍然丢失了她的踪影；明明见她在球场呼哧呼哧地拍着篮球，却会在旁人寒暄过后的视野中，只剩一个篮球在空荡荡的地方跳跃；明明见她在厕所的出口耷拉着脑袋洗手，却在匆匆一瞥之后，以为自己出现了幻觉……

我并未从她的刻意躲藏中找到一位老师该有的威严。相反，我内心涌了一股悲凉，随着她日渐娴熟的躲藏而越发奔腾，直至波澜壮阔。

黄昏的校园里，多了几分静谧与清冷。我独自在走廊上散步，想着到底该如何化解她心中的惊恐与不安。

透过窗帘间的缝隙，我能看到，她和她的同桌正喃喃地说些什么。那是一个皮肤黝黑的小男孩，家境颇为拮据，连学校减免过的学费，都得拖上几个月才能勉强缴清。

正当我预备推门而入时，一幅永生难忘的画面瞬间刻在了我的脑海里：

她满目感激地合起手中钢笔，微笑着说了声"谢谢"。他把书包摊开，接过那支破旧的钢笔，轻轻地将它搁入，那神色，如同手捧至宝一般。临行前，他略带豪情地说了一句："放心吧，这次你是用钢笔写的，老师不会再批评你了！"

金色的余晖透过缝隙，丝丝缕缕地交织在他们脸上。在那一场童真的友谊里，我无法找到自己该切入的借口，只得暗自逃离。第二天，在办公桌上，我看到他俩紧紧挨在一起的作业。同样的本子，同样的笔色，同样的日期。

市里举办长途赛跑的时候，他报了名，接着，毫无悬念地成为代表学校进市里参赛的选手。

五千米的路程，对于这帮稚气未退的选手来说，的确是一场艰难的耐力战。他在一堆选手中脱颖而出，我和看台上的老师们一起，情不自禁地为他加油欢呼，看着他如一支离弦的箭，在临近终点的时刻里，一往无前。

惊人的一幕出现了。他愣愣地站在终点线附近的跑道上，看着后来的选手们奋力冲刺。人群中一片哗然。没有人明白，在冠军唾手可得的紧要关头，他为何选择了止步。

当有两人陆续冲过终点线后，他才高呼着奔向终点。毫无疑问，他受到了我们最严厉的批评。要知道，他代表的是一所学校，而不仅仅是个人，他的无人可解的行为，已经辜负了所有随行老师的希望。

那是我第一次对他怒吼，我以为，他是想用特立独行的方式来博得众人的瞩目。

"你明明能跑第一，为什么要在终点前停下来？你知不知道这事关整个学校的荣誉？"我一遍遍地责问，让他顷刻间泪流满面。

"老师……第一名和第二名的奖品都不是钢笔。我……我只要一支钢笔。这样,我的同桌就不会再烦恼,也不会因为用铅笔写作业而受批评了……"他呜呜地悲鸣,尽诉了他所受的委屈。

我恍然觉察到自己的渺小与狼狈。面对这样一个不谙世事的孩子,顿然心生愧疚。

校门口的喜报栏上,记录着他的名字和所获的奖品——我见过,那是一支多么精致却又恸哭不止的金色钢笔啊!

文/李兴海

热腾腾的豆浆豆腐脑哎

他每天清晨都会经过那条小路抵达我的门前，还有我熟悉的那句尖亮的吆喝："热腾腾的豆浆豆腐脑哎——"

这是他母亲特有的声音。我经常向他打趣："幸福的人是在鸟声中惊醒，而我，却是在你母亲的嗓门下昏倒。"他仰面看到楼顶上衣衫不整的我，嘿嘿讪笑。

高中三年，他母亲的吆喝成了我起床的号角。我习惯在惺忪着双眼开门时递出一枚雪亮的硬币。而后，接过那碗事先备好的豆腐脑，与他一同朝着学校的方向扬长而去。他母亲时常会在身后唠叨："慢点儿！让我用三轮车送你们去吧！"

他头也不回地向后猛烈挥手："不用了，我们晕车，你那宝马开得太'快'啦！"这句亘古不变的台词，总能在清晨的路上勾勒出两位懵懂少年的欢笑。

　　其实，坐上那辆破旧的三轮车未必会迟到。只是，我与他都觉得有些难为情罢了。十六七岁的年纪，谁不曾爱慕虚荣？当时除我之外，学校里再无其他同学知道他母亲在卖豆腐脑，并且依靠那一碗碗廉价的豆腐脑维持生计。

　　他从不对别人说起，而我，亦是心照不宣地保守秘密。每次开学的调查表上，我都能看到他填写的内容。在那沓载满所有同学信息的资料里，他的母亲不再是一位当街吆喝的小贩，而是一名"体面"的流水线工人。

　　我虽不大喜欢这种维护虚荣的方式，但隐约还是能读懂他的无奈。于是，彼此便这般小心翼翼地行走在逼近青春尽头的路上。

　　有一年冬天他病了，烧得厉害，连夜请了病假。于是，我在屋内四处翻寻我的闹钟。我想，倘若找不到闹钟，我第二天势必要迟到。

　　让我难以预料的是，他母亲的三轮车竟如往常一般停在我的家门口。尖亮而又明朗的吆喝使我从梦中惊醒。半晌，我惺忪着双眼开了门，才恍然想起他昨日病假的事情。于是，心里顿然涌起了一股莫名的热流。

　　那是我第一次陪他的母亲吆喝。凛冽的北风和散漫的雪，让我渐渐明白了这位平凡母亲的不易。上坡的时候，我见她蹬得尤为吃力，便帮忙推车，她回眸时的感激神态，使我无地自容。这么多的日子里，我和他都从未想过，那个必经的大坡，她到底是如何蹬上去的?

后来,我向他陈述了这件事,并极力要求他今后帮助自己的母亲推车。我以为,我的提议会被他应允,却不料,竟因此爆发了从未有过的口舌之战。

我对他这样的行为感慨不已,也与他僵持了很长时间。但在那段尴尬的岁月里,他母亲始终不忘到我门前吆喝。我时常以为他也在楼下等我,可每每下楼时,却只能望见他匆匆奔远的背影。

几年后,他母亲不幸因病辞世。我从北方乘车回去吊唁,在惨白的世界里看见了消瘦的他。送葬的那天清晨,我跟着去了。倔强的他,始终不肯在人前哭出声来。

行进时,忽然听到一位汉子在陌生小巷里的吆喝:"新鲜的豆浆豆腐脑哎——"

一路沉默的他,终于悲咽号啕:"我可怜的妈呀——"

文/马朝兰

妈妈不是傻子

　　我所支教的那所乡村小学，班里有一个特殊的孩子。他身材比其他孩子都要强壮高大，脸也胖嘟嘟的，跑起步来，脸上的肉一颤一颤的，煞是可爱。让人揪心的是他的眼睛，他的眼神明显有些呆滞。仔细观察他的五官，会发现他的左右脸比例明显不对，一边脸大，一边脸小，仿佛一个长歪了的桃子……

　　很显然，这个名叫安康的小男孩是一个智障的孩子。已经上三年级了，他连5以内的加减法都算不清楚。今天费尽九牛二虎之力，好不容易教会了他，第二天，再让他计算，他的大脑好像被格式化一般，一脸迷茫地看着你，口水顺着下巴滴得老长老长……

　　从无可奈何到气急败坏，再到被迫循循善诱，这个笨拙的孩子很考验一个人的耐心。那段时间我每天都要单独教一遍安康5

以内的加减法，他一边歪着头听我口干舌燥地讲解，一边心无旁骛地看着校园里跑进来的一只鸭子或是一条狗，脸上绽放出开心的笑容，天知道他在想些什么？

学习数学不开窍也就罢了，最可恨的是，安康经常在课堂上发出各种各样的怪声，引得孩子们哈哈大笑。我几次把他叫到办公室里谈话，但他这耳朵进那耳朵出，屡教不改。

我故意让他把手伸出来，作势要打他。哪知他并不害怕，反而笑了起来："老师，你使劲儿打，我不怕痛，五年级的孩子都能被我打哭喽！"他说的是实话，学校里的孩子打架没几个人是他的对手……大家都不愿意和他一起玩，他走到哪里，其他同学都四散而逃。

第一次见到安康的妈妈，我就知道了他智障的原因。作为一个女人，她也太不修边幅了：穿着很寒酸，凌乱的头发遮住了半边脸，脸上却是乐呵呵的。家中有这样一个智障的孩子，正常的母亲应该面色悲苦，甚至整日以泪洗面，但安康的母亲却全然没有痛苦之色。

见到老师，她有些局促，也不说话，脸上却显出一副讨好的表情。

安康中午在学校里吃饭。让人奇怪的是，他的母亲每天中午都会给送来五个馒头。她走了以后，每顿只能吃两个馒头的安康，就把吃剩下的三个馒头放到了教室的讲台上。

班里几个调皮的孩子就用这三个馒头当作玩具，互相抛来掷去，最后三个馒头只能都被扔进垃圾桶里。我一边意识到这是一个连孩子饭量也算不清楚的傻女人，一边感叹母爱的伟大，连精神有障碍的女人也生怕饿着自己的孩子，只是这些不懂事的孩子啊，把这份深沉的母爱轻易地挥霍了！

有一天午睡的时候，校园里突然传来一阵哭声。我起身去看，原来是安康在哭，他哭得鼻涕一把泪一把的，劝也劝不住。远处的篮球架下站着几个二年级的孩子。

"怎么了，安康？谁欺负你了？"

安康甩开了我的手，继续扯着嗓子哭。

"你不是号称最勇敢的孩子吗？不会是让二年级的孩子打哭了吧？"我故意嘲笑他。

安康果然中计，他边哭边说："我只是学了几声狗叫，他们就说我是傻子，说我妈也是傻子。我是傻子，可我妈不是傻子！"

我听了鼻子酸酸的，示意那几个二年级的孩子过来。

"你们谁说安康是傻子的？安康是我们班里最聪明的孩子！他的妈妈和你们的妈妈一样，都是天底下最好的妈妈！以后谁再敢在安康面前胡说八道，我饶不了你们！"

"他的妈妈就是傻子，每天中午都给安康送五个馒头，他吃得了吗？"有一个孩子小声嘀咕着。

"你给我住嘴！那是他的妈妈怕他吃不饱，才故意给他带五个馒头的。"我训斥着那几个闯祸的孩子。

待那几个孩子走了以后，我劝慰着仍旧哭哭啼啼的安康："如果不想让别人把你当成傻子，以后就不要在校园里，尤其是在课堂上发出各种各样的怪叫声，好吗？"

安康点了点头，停顿了一下，他又说："可是他们还说我妈是傻子！"

我趁机教起他5以内的加减法："安康，你妈妈每天中午给你带五个馒头，而你一顿只能吃两个馒头，算一算还剩下几个馒头？"安康掰着手指头，竟然说出了正确的答案。

"安康真是一个聪明的孩子！既然你每天中午只能吃两个馒头，以后，你就告诉妈妈，只给你送两个馒头就行了，否则剩下的馒头就浪费了！"

"剩下的三个馒头，是留给您吃的！"安康的回答让我大吃一惊，"我妈妈说我一顿能吃两个馒头，剩下的馒头给老师吃……这样，老师就会对我好一点儿。"

我的脸一阵通红，此时我才明白，安康为什么每次把吃剩的三个馒头送到讲台了。

后来，问了同校的老师，我才知道，安康的母亲精神正常，人挺乐观，她就在附近的一个工地上打工，经济拮据、整天出苦力的她哪有资本和精力去讲究穿戴？

安康的变化也令我吃惊，那天以后，他不仅学会了在课堂上保持安静，而且掌握了5以内的加减法。我知道他变化的根本原因，只是想证明他和他的妈妈都不是傻子。

文/清山

一滴泪掉下来要多久

那是一个深秋的早晨，天刚微亮，薄雾还挂在树梢上，我坐车前往山村学校支教。车在九曲十八弯的山路上盘旋，直到日影西斜，来到位于大山深处的一所中学。

看到四面漏风的校舍，我心里一阵酸楚，决意留下来，把梦想的种子播到孩子的心田。事实上，远没有想象的那么简单，有个叫李想的孩子，就是让我头疼的学生。

我在讲台上念课文，抬头见他两眼走神，心早飞到爪哇国去了。我的火气腾地冒上来，大声说："李想，我刚才读到哪儿了？"

同桌用胳膊捅了捅他，他这才醒觉过来，挠挠头说："读的什么？没听到啊。"班上学生哄堂大笑。

我气得不知说什么好，示意他坐下，告诉他认真听讲。这样的事情反复多次，可想而知，他的成绩自然好不了。他还和别人打架，黝黑的脸上挂了彩，问是怎么回事，他不肯说。

有一回，我看到几个孩子围着他挥拳乱打，边打边说："不信你不哭。"泪水在眼眶里晃，他却昂着头，愣是不让它落下来。我大喝道："为什么打人？"他们撒腿跑了，像一群小马驹似的，转眼没了踪影。

我走上前，想说些什么。他看了我一眼，转过身，歪歪跌跌地走了。我心里觉得难过，他到底是怎么了？他的童真哪里去了？

有个周末，我到他家里走访。到那儿一看，我鼻子酸了，破旧的土坯房，屋内光线昏沉。原来，他父母外出打工，家里只有他和爷爷。

"他父母出去多久了？经常回来吗？"我问。

老人叹气说："他爹娘走了五年，很少回来。刚开始那会儿，他想起来就哭，躺地上打滚儿，谁也哄不住。连哭了几个月，眼泪都流干了……"

校园里再见到他，他仍旧上课走神，我却不敢与他的目光对视。那目光望也望不到底，透着阵阵寒气，充满稚气的脸上有着与年龄不相称的忧郁和漠然。

就这样又过了几个月，有一天，听说他的父母回来了，还受了些伤。

事情大致是这样：他的父母坐车回家，赶上下雨，山路湿滑，车翻进了沟里。幸好只是些外伤，他们在医院住了几天，包了些药，打车赶回了家。

我想去他家看看，路上，听见村民在议论："爹娘出去这么久，回来伤成那样，这孩子跟没事人似的。"作为老师，我的心像被什么东西揪了一下，有一种深深的挫败感。

走到院里，爷爷正冲他发脾气："你这孩子，心咋就那么硬呢？看到爹娘遭了罪，连滴眼泪都没流……"话未说完，便听到一声剧烈的咳嗽。

他倚着门框站着，默不作声。父亲接过话说："我们出去这些年，他感觉生疏了，这也怨不得孩子。"

母亲走过来，搂着他的肩说："这次出事后，我和你爹也想了，回头承包片果园，不出去打工了。"他低下头，一颗亮晶晶的泪珠，滚落了下来。刚开始是小声啜泣，到后来变成了号啕大哭。

我忽然懂得，这些年来他有多孤单，多悲伤。所谓的坚强，是因为没有一个能让他倚靠着哭泣的肩膀。我眼眶全湿，悄悄地离开了。

第二天上语文课，他坐得直直的，听得很认真。下午是体育课，他跟别的孩子在草地上嘻嘻哈哈地玩闹。金色的阳光倾洒下来，他的脸上焕发着光彩，整个人都明亮了起来。

他沿着操场奔跑，轻盈得像一阵风。有同学喊："李想，你的衣服脏了，后面好几道黑印子。"他头也不回地说："俺娘——会洗的。""娘"这个字拖得老长，喊得格外响。

我不知道一滴泪掉下来之前，在他心里奔涌了多久。但我明白从现在开始，一个美丽的生命，如含苞待放的花蕾，又变得鲜活生动起来。

文/顾晓蕊

一只遗落的花鞋

他是我记忆中最特别的学生。当我第一次批评角落里那位迟迟未缴学费的女孩时，他勇敢地站起身来，与我吵了一架。

事后，我从档案里得到了许多关于那位欠费女孩的家庭信息——她与奶奶相依为命，是班里最贫困的学生。

我用刚结的稿费帮她垫了所欠的数目，为此，她给我写了一封长长的感谢信。这封语病百出的信件还未读完，他便摁响了我办公室的门铃。他的情绪过于激动，以至有些语无伦次。他态度诚挚地朝我鞠躬，为当日的莽撞向我道歉。他说，他只是太了解那位贫困女孩的苦衷了。

当天，有四十六名学生坐在台下，有四十六名学生了解她的内情，但只有他，在第一时间里站了出来。因为这份不计后果的善良，我原谅了他当日的鲁莽。

他的成绩平平，学习亦不够刻苦。我曾三番五次鼓励他，向他讲解人生道理，可总是收效甚微。我很想找他的母亲谈话，为此，征求了他的意见。他毫不犹豫地回绝了我的提议。甚至，在期末邮寄成绩通知书时，给我留了一个虚无空泛的地址。我对他束手无策。

很久之后，我从他室友的口中得知，他的母亲每月都会来学校一次。为了能与她碰面，我安静地潜伏在校门口的人群深处。当她的母亲从口袋里匆忙将生活费递交给他，即将转身离去时，我忽然闪现于他们跟前，他惊得目瞪口呆。

十五分钟后，我们三人占据了操场旁的一把长椅。

这是一位质朴的农村妇女。她的衣衫破旧，手指粗大，就连笑容都有些生硬。我开始慢慢提问，试图在这次来之不易的谈话中，找到他懒惰的根源。

无意中，我瞥见了她泥泞的裤管和双脚。审视片刻之后，我还是忍不住询问："大姐，你的另一只花鞋呢？"

她尴尬地笑笑，不知如何是好。我没有继续追问，倒是他，瞬间发起了无名火："你怎么能这样呢？鞋都不穿就跑到这儿来？你知不知道这是学校？！"

我制止了他对母亲的咆哮。他愤然离场，谈话最终不欢而散。

他母亲走后，我再次找到了他。我全力遏制胸中的怒气，与他慢慢行进在乡野的小路上。林中微风使他渐渐平静，夕阳洒满了他的发隙。我们聊得很是投机。

他在一片泥沼前停住了脚步，春日阳光静静地铺满他的睫毛。我顺着他的目光望去，一只似曾相识的花鞋闯进了我的视野。

面对这样的景致，我不知该说什么，只能默默地看他卷起裤管，趟进泥沼。

归来的途中，我们始终一言不发，即便我心里有千百个疑团无法解开：他为何会对那一只似曾相识的花鞋热泪盈眶？那只花鞋又为何深陷泥沼？我又为何不由自主地沉默？

次日，他托人请了病假。我去宿舍找过他，未见踪影。傍晚，他主动找到了我，仅仅说了一句："老师，昨天那只花鞋是我妈妈的。"

后来，他如同变了一人，谦逊勤奋，求知若渴。我一直没能明白他霍然转变的原因。

毕业后，收到了他的来信。我终于知道，他母亲当年的艰难。为了能节省十元的路费，又不让他担心，竟哄骗他说，每天清晨五点，村里都有进城的小车。他对白天的车次了如指掌，唯独这班，他一无所知。因为，他从未起得如此之早。

直到遇见那只遗落的花鞋，他才明白，为了这个谎言，他的母亲每月初都要披着星月赶往学校，给他送来那一笔微薄的生活费。

捧着花鞋回家那天，他一面在山路上小跑，一面擦拭着滚落的泪水。他在信中说，他从来没有这么心疼过。

一只丢失的花鞋，帮他寻到了心灵的归家之路。

文/王万龙

我的妈妈是女神

1

我曾以为这辈子都不会原谅她。

2008年高考，我的分数虽然不算太高，但上个普通本科没问题。叶子男和我早就商量好了，临城的那所大学，将收拢我们四年华丽的青春。

却没想到，妈妈一手打碎了我们的美梦。她自作主张塞过来一张复读通知单："以你今年的成绩，不可能上太好的大学，所以，必须复读！"看我反抗不止，她又一脸的恨铁不成钢："你知道不知道，为了这次复读，老娘要多花两万块！"

我翻翻白眼儿，心凉如冰。复读单上那所重点高中，是妈妈三年前的雄心大梦。"得益"于我当年中考失利才失之交臂。谁能想到，三年了，她依然念念不忘。

我不想继续逆来顺受，离家出走的冲动陡然而生。

可当我奔到叶子男家楼下时，远远看到他和父母手挽手的背影，突然又醒悟这个大梦有多么荒唐。对于要什么有什么的叶子男来说，私奔？简直是个24K的笑话。

走投无路，我以绝食逼她就范，没想到，眼见我三顿饭没吃，她居然云淡风轻："你就是一辈子不吃饭也得去复读。"不仅如此，她还和偷偷给我送饭的老爸吵了起来。

看着一地鸡毛的家，我唯有举手投降。自虐只对于爱你的人才是惩罚，而对于妈妈来说，成功永远比亲情更重要。

来给我送行的叶子男苦笑："你妈也太极品了。"

我尴尬地笑，背起书包和叶子男挥手，走出好远再回首，他还站在太阳下朝我挥手。

半年后的寒假，复读班只放了三天假。大年三十早晨，我去了叶子男家。他还没起床，客厅的电话响了，叶子男的老爸看看来电显示对他老妈说："又是那个女孩。"

虽然叶子男极力否认他和那个女孩有瓜葛，可我还是感到了某种说不清的伤心和羞愤。回到家后，我大哭一场，妈妈咋咋呼呼地跑进来问东问西，那一刻，我真是恨死了她。如果不是她逼迫，我和叶子男怎么会分开？那样，别的女孩即便变成牙签也插不进我们的爱情里。

我一刻也不想再看见她，收拾行李就要回学校。她有点儿意外，但更多的还是兴奋，一边往我行李箱里塞各种吃食，一边念叨着："有这个毅力，清华北大都不成问题！"

我烦躁地扭过头去："清华北大！清华北大！除了这个，难道就没有点儿其他新意？"

2

仔细想来，她还真就是一个毫无新意的女人。

从我懂事起，她碎碎念的永远只有一个主题——知识就是大神，可以改变命运。所以，必须好好学习。后来，我懂事了，她居然在"知识就是大神，可以改变命运"前又加上一句："你看，你又没多漂亮，学习再不好，以后有的苦吃。"

看着镜中那个厚嘴唇小眼睛的女生，再看看比我大一号、老一号的她，我愤怒又抓狂，不都说女儿容易遗传父亲的基因吗，为什么，为什么我和她如此相像？

她却大言不惭："如果你真能完全承袭老妈的基因，我倒可以放心了。"

唉，这个女人，从来不缺的，就是自信。

当然，她的自信也不完全是空穴来风。作为本城著名女企业家，这些年她的头顶一直没离开光环，可这就是一个人嚣张的理由吗？实话说，人前她还算谦逊低调，但一回到家，马上一副运筹帷幄、挥斥方遒的女神范儿。别人家凡事有商有量的情形在我家几乎绝版，爸爸的工作、交际，甚至亲戚朋友，全部由她一手包办。

老爸不是没反抗过，在我很小的时候，因为妈妈的独断专行，爸爸负气搬了出去，甚至还提出了离婚。得到消息的我完全傻了，哭着哀求妈妈向爸爸认错，谁想，她脖子一梗，随他去。

我只能偷偷去求爸爸，告诉他我不想成为单亲家庭的孩子。听到这话，爸爸的眼泪一下子下来了。那天，他无声地流泪了好久，然后抱起我回了家。

那些眼泪，这么多年一直发酵在我的心里，每看见她欺负爸爸一次，我就觉得自己亏欠了爸爸一分，同时，也对她更多了一分不满。

而她，完全没意识到这些，待我依然各种严厉：游戏不能玩，鞋子要摆正，衣服要挂好，房间自己打扫，还有每天的一日三餐。明明爸爸乐得刷锅洗碗，她却一再坚持："孩子大了，应该帮着分担父母的辛苦，这也是为她好。"

就是这三个字——"为我好"，好像一座大山，压迫了我十几年。每遇反抗，她的撒手锏就是痛说革命家史："想当年……"

好吧，我承认，她的"想当年"完全可以写进励志宝典。因为家境拮据，高中还没毕业她就辍学开始打工。后来，她自修了很多证书，再后来，她拿着自己挣来的一千元钱起家，辛苦打拼出了现在的百万身家。此类偶像，若是供到神坛上，也许我也愿意没事烧一炷香膜拜。但在现实中成为母亲，对于女儿来说，就是百分百的苦海无边。

为了逃离她的独裁，我只能发狠：好好学习，远走高飞，远到她遥不可及。

3

一年的光阴也真是快，"嗖"的一阵，又一个高考季到了。

这次，我比去年涨出一百多分。看到那个分数，我几乎不能相信自己的眼睛，她呢，兴奋得连夜抱着手机四处通报："我家出了个名牌大学生！"

入学通知书到了之后，她在我们这里最好的酒店大摆筵宴。按照她的计划，我们一家三口要好好秀一下幸福美满的图景，可惜，我不愿配合，最终，她只能带着眉开眼笑的老爸，着实嘚瑟了一番。

那天她喝多了，回到家，抱着我涕泪横飞："好女儿，真给老妈争气……"

我别扭地挣脱她的怀抱，看着那张和自己几乎雷同的脸上泪痕交错的样子，心里居然也有点儿发酸。不过，这种小儿科的儿女情长很快过去了，我的大学生活开始了。

她不顾我的反对，放弃一单唾手可得的业务，坚持送我去北京。可真的到了学校，又什么都插不上手，只能和老爸拖着巨大的行李箱，跟在我身后到处乱跑。

一切安顿妥当，她孩子一样兴奋地拍拍床铺摸摸门窗，又带着怯意和宿舍里并不熟悉的女生打招呼。看到她难得的卑微，我又好气又好笑,在她眼里,能够考上这所大学的都是活脱脱的学霸。临分手时,老爸叮嘱再三,她一个劲儿打断他,继而转向我:"你爸真啰唆,老妈相信你,一切都能搞定!"

事实证明,这一点上她还真有预见性。

开学没多久,我就成了大家公认的女汉子。舍友看到"小强"哇哇大叫,我面不改色心不跳一脚跳起踩死;周末去"动物园"批发市场淘衣服,我摆出彪悍的架势,砍价砍到摊主简直飙泪;上铺的湖南女孩买来一个酸奶机,对着说明书研究半天还是做不出酸奶,我只是略微扫了两眼就摸熟了门路。

出众的生活能力给成绩并不突出的我加分不少,享受着别人的崇拜,我第一次不再吐槽她曾经的苛刻调教了。更多时候,坐在窗明几净的教室中,听着著名教授的讲座,我的思绪会飞回一年前。如果,如果不是她的坚持,我能感受到现在的这份美好吗?

那一刻,尽管我依然不那么认同她,但还是会忍不住对她生出一份感激。也许,她算不上一个合格的妈妈,但作为人生导师,绝对有先见之明。

4

我大四的时候,她遭遇了生命中最严酷的寒冬,因为轻信合作伙伴,公司一夜凋敝。得到消息时,我刚和一家五百强企业签了实习合同。老爸在电话里哽咽:"没了,什么都没了,车子、房子……"说完，居然呜呜咽咽地哭了起来。

我立即坐夜车赶了回去，她正在我们住了十几年的房子里打包行李。看到我，眼圈一红，回头却对着老爸吼："这么点儿事儿，也值得惊动孩子？"

说不害怕和恐慌是假的，可是，她那个倔强的样子，又让我无形中跟着生出一股豪气。"大不了从头再来。"出租车上，她紧紧拉着我的手，说起了这些年的不易。软弱的老公，激烈的竞争，点滴皆无的背景……听着她的话，我第一次体会到她的苦，环境决定性格，如果没有那份强势和凡事执着的性格，我和爸爸又怎么会过上衣食无忧的生活？而作为享受者，我却只记住了她的性格带来的负面情绪。

正在感慨万千，她突然一昂头："当年妈妈也是什么都没有，那时都没怕，现在有了这样优秀的女儿，更不会怕。"

我眼眶一热，眼泪差点儿掉下来，一边更紧地握住她的手，一边暗暗盘算，实习期每月五千元的工资，是不是能够省下三千元来寄回家。

或许也是因为这份压力，实习期我不管不顾拼命三郎一样埋头苦干，最后离开时，老总亲自给我饯行："等你毕业，一定回来。"

叶子男得知我的实习薪水时完全石化，他毕业已经一年了，还没找到月薪超过两千元的工作。唯一的收获是，他比所有人都早地跳进了围城。过早"脱单"，是他对自己的调侃。我得知的内幕却是，那个在大年三十打来电话的女生，为了拴住他，玩了一票奉子成婚的大戏。

收到叶子男的结婚请柬，我以为自己会多少有点儿伤心，可当真看到那两个并列的名字时，心底云淡风轻。旧爱经年，早已不复想象中的模样。更重要的是，当我走了更远的路看了更多的风景，无论人生还是爱情，都有了另外的愿景。

不久，她又租了一间小门面，开始创业。得到消息的我，特意请假跑回家给她助威，顺便将自己这几个月俭省下来的积蓄塞到她手里。看到钱，她一愣，眼泪猝不及防地落了下来。

又过了几个月，她的小店已然有声有色。休假的我在迎门的藤椅上帮她理货，叶子男和他的大肚老婆施施然走过。和他们打过招呼重回店里，正撞上她了然一切又有点儿担心的眼神。那个瞬间我赫然明白一个秘密，当年自以为瞒天过海的恋爱，她其实比谁都明晰。

她用自己的方式终结了一段并不看好的爱情，连带改变的，还有女儿的人生和命运。

豆瓣网有个线上活动：什么可以决定我们的一生？她看到后，立刻直抒胸臆：当然是知识。我笑笑，打下的却是她的名称——妈妈。

是的，知识的确如大神一般，可以改变命运，但我的妈妈更可以。

文/焦糖布丁

晚报B叠

晚报 B 叠，第二版，满满的全是招聘广告。每天他从小街上走过，就会停下来，在那个固定的报摊买一份晚报，回到住处，慢慢地看。他只看 B 叠，第二版。他失业了，B 叠第二版是他的全部希望。

卖报纸的老人，像他的母亲。她们同是佝偻的背，同是深深的皱纹，同是混浊的眼睛和表情。可那不可能是他的母亲。母亲在一年前就去世了。夜里，他常常在不知不觉中哭湿枕头。他把报纸抓到手里，卷成筒，从口袋里往外掏钱。他只掏出了五毛钱，可是一份晚报，需要六毛钱。他记得口袋里应该有六毛钱的，可是现在，那一毛钱，却怎么也找不到了。

"五毛钱行不行？"他商量。

"不行。"斩钉截铁的语气。

"我身上,只带了五毛钱。"他说。其实他想说这是他最后的五毛钱,可是自尊心让他放弃。

"五毛钱卖给你的话,我会赔五分钱。"老人说。

"我以前,天天来买您的报纸。"

"这不是一回事。"老人说,"我不想赔五分钱。"

"那这样,我用五毛钱,只买这份晚报的 B 叠第二版。"他把手中的报纸展开,抽出那一张,卷成筒,把剩下的报纸还给老人。"反正也没几个人喜欢看这个版,剩下这沓,您还可以再卖五毛钱。"他给老人出主意。

"没有这样的规矩。"老人说,"不行。"

"真的不行?"

"真的不行。"

他有一种想哭的冲动。上午他去了三个用工单位,可是无一例外地遭到拒绝。事实上几天来,他一直被拒绝。仿佛全世界都在拒绝他,包括面前这位极像他母亲的老人;仿佛什么都可以拒绝他,爱情、工作、温饱、尊严,甚至一份晚报的 B 叠。

"我几乎天天都来买您的报纸,明天我肯定还会再来。"他想试最后一次。

"可是我不能赔五分钱。"老人向他摊开手。那表情,没有丝毫可以商量的余地。

他很想告诉老人，这五毛钱，是他的最后财产。可是他忍住了。他把手里的报纸筒展开，飞快地扫一眼，慢慢插回那沓报纸里，然后，转过身。

"你是想看招聘广告吧？"老人突然问。

"是。"他站住。

"在 B 叠第二版？"老人问。

"是这样。"他回过头。他想也许老人认为一份晚报拆开卖的确是个不错的主意，也许老人混浊的眼睛看出了他的窘迫。他插在裤袋里的两只手一动不动，可是他的眼睛里分明伸出无数只手，将那张报纸紧紧地攥在手里。

"知道了。"老人冲他笑笑，"你走吧。"

他想哭的冲动愈加强烈。他认为自己受到了嘲弄。嘲弄他的是一位街头的卖报老人，并且，这老人长得像他的母亲。这让他伤心不已。

第二天他找到了工作。他早知道那个公司在招聘职员，可是他一直不敢去试——他认为自己不可能被他们录取。可是因为没有新的晚报，没有新的晚报 B 叠第二版，没有新的供自己斟酌的应聘单位，他只能硬着头皮去试。结果出乎他的意料，他被录取了。

　　当天他就搬到了公司宿舍。他迅速告别了旧的住所、旧的小街、旧的容颜和旧的心情。他所有的一切都是新的。接下来的半个月，他整天快乐地忙碌。

　　那个周末他有了时间，他一个人在街上慢慢散步，不知不觉，拐进了那条小街。他看到了老人，老人也看到了他。

　　老人向他招手，他走过去。步子是轻快的，和半个月前完全不同。老人说："今天要买晚报吗？"

　　他站在老人面前。他说："不买。以后，我再也不会买您的晚报了。"他有一种强烈的报复的快感。

　　老人似乎并没有听懂他的话。她从报摊下取出厚厚一沓纸。她把那沓纸卷成筒，递给他。老人说："你不是想看招聘广告吗？"

　　他怔了怔。那是一沓正面写满字的十六开白纸。老人所说的招聘广告用铅笔写在反面，每一张纸上都写得密密麻麻。他问："这是您写的？"

　　老人说："是。知道你在找工作，就帮你抄下来。本来只想给你抄那一天的，可是这半个月，你一直没来，就抄了半个月。怕有些……已经过时了吧？"

　　他看着老人，张张嘴，却说不出话。

　　"可是五毛钱真的不能卖给你。"老人解释说，"那样我会赔五分钱。"

突然有些感动，他赶紧低下头，翻着那厚厚的一沓纸。那些字很笨拙，却认真工整，像幼儿园孩子的字。

"能看懂吗？"老人不好意思地笑，"我可一天书也没念。不识字。一个字，也不认识……"

泪水毫无征兆地汹涌而出。他盯着老人，老人像他的母亲。他咬紧嘴唇，可是他分明听见自己喊，妈……

文/鲁瓜

嘿，迈克!

迈克得了一种罕见的病。他的身体僵硬，脖子僵直，肌肉一点儿一点儿地萎缩，最后完全失去了自理能力。他只能坐在轮椅上，保持一种固定且怪异的姿势。他只有十四岁，十四岁的迈克认为自己迎来了老年。不仅因为他僵硬的身体，还因为，他的玩伴们突然对他失去了兴趣。

母亲推着迈克，走出屋子。他们来到门口，来到阳光下，背对着一面墙。那墙上爬着稀零的藤，常常有一只壁虎在藤间快速或缓慢地穿爬。以前迈克常盯着那面墙和穿越的壁虎，站在那里笑，手里握一根棒球棒。

那时的迈克，健壮得像一头牛犊。可是现在，他只能坐在轮椅上，任母亲推着，穿过院子，来到门前，靠着那面墙，无聊且悲伤地看面前三三两两的行人。现在他看不到那面墙，僵硬的身体让那面墙总是伫立在他身后。

十四岁的迈克曾经疯狂地喜欢诗歌。可是现在，他想，他没有权利喜欢上任何东西——他是一位垂死的老人，是这世间的一个累赘。

可是那天黄昏，突然，一切突然都发生了改变。

照例，母亲站在他的身后，扶着轮椅，捧一本书，给他读一个又一个故事。迈克静静地坐着，心中盈满悲伤。这时有一位美丽的女孩从他面前走过——那一刻，母亲停止了朗诵。迈克见过那女孩，她曾和自己就读同一所学校。只是打过照面，并不熟悉，迈克甚至不知道女孩的名字。

可那女孩竟在他面前停下，看着他和身后的母亲。然后，他听到女孩清脆地跟他打招呼："嘿，迈克！"

迈克愉快地笑了。他想，原来除了母亲，竟还有人记得他的名字，并且是这样一位可爱的女孩。

那以后，每天，母亲都要推他来到门口，背对着那面墙，给他读故事或者诗歌。每天，都会有人在他面前停下，看看他，然后响亮地跟他打招呼："嘿，迈克！"大多是熟人，偶尔也有陌生人。迈克仍然不能动，仍然身体僵硬。可是他不再认为自己是一个累赘。因为有这么多人记得他，问候他。他想这世界并没有彻底将他忘却，他没有理由悲伤。

　　几年里，在母亲的帮助下，他读了很多书，写下很多诗。他用微弱的声音把诗读出，一旁的母亲帮他写下来。尽管身体不便，但他过得快乐且充实。后来他们搬了家，他和母亲永远告别了老宅和那面墙。再后来他的诗集得以出版——他的诗影响了很多人——他成了一位有名的诗人。再后来，母亲年纪大了，在一个黄昏，静静离他而去。

　　很多年后的某一天，他突然想给母亲写一首诗，想给老宅和那面墙写一首诗。于是，在别人的帮助下，他回到了老宅的门口。

　　那面墙还在。不同的是，现在那上面，爬满密密麻麻的青藤。

　　有人轻轻拨开那些藤，他看到，那墙上，留着几个用红色油漆写下的很大的字。那些字已经有些模糊，可他还是能够辨认出来，那是母亲的手迹：

　　"嘿，迈克！"

文/周海亮

孩子，我只能给你这么多

1

其实那段时间，我已经习惯了你的歇斯底里。

可是那天，当你黑着脸冲到客厅里，一把拽起正在压腿的小威，冲我怒吼出那句话："小时候你虐待我，我大了你又开始虐待我的孩子，你怎么能这么狠毒？"我的眼泪，再也控制不住地淌了下来。

我一个人含辛茹苦将你从五岁小囡带大成人，虽然一直知道你对我执意和你父亲离婚有怨恨，也知道你将自己的离婚归结为童年阴影的延续，我却从来都没想到，你对童年的评价是"被虐待"，你对我的评价是"狠毒"。

一个人坐在阳台的地板上稀里哗啦地哭，小威磨蹭着从背后转过来，他看看我，又看看客厅里哭天抹泪的你，偷偷用袖口帮我擦眼泪："姥姥不哭，姥姥不哭。"

一伸手抱住小威，心里的委屈更如山崩海啸一样迸发出来。为了这个孩子，我牺牲了自己的老年生活，不去跳舞不打麻将，拿出全部精力替你培养他，你却说这是——虐待！

越想越伤心，正要数落你的残忍，却蓦然发现，你已经在收拾小威的衣物。你说你要带走他，还他一个自由快乐的童年。

那一刻，我真想让你和孩子一走了之。

说实话，自从你结婚后，我已经习惯了一个人的生活。虽然五岁的小威为我孤寂的生活带来了很多乐趣，可是，对于一个六十岁的老人来说，无微不至地照顾一个男孩的生活，我其实有点儿力不从心。尤其是每次和小威从才艺班长途跋涉回来，我几乎都爬不上二楼的楼梯。

如果你真带走了小威，我也就轻松了。可是，我能放心吗？

你离婚的第一个月，坚持要和小威生活在一起，每天孩子自己从幼儿园回来，只能啃着干方便面等你。而你又经常加班，那么黑的房间，小威总是不停在电话里和我哭。

他习惯了和我在一起的温暖，再也不愿意独自面对黑屋子的冰冷。而此刻，你却不管不顾地扯了他就走，孩子的小手扒在桌子上，你用力地掰开。那双小手又落在我的衣襟上，你使劲儿撕扯，小威开始号啕大哭。

要想制止你的疯狂，我只有一个选择。于是我劈面给了自己一巴掌，清脆的耳光中，你愣住了。

我顺势抱住小威，直直地看着你："如果你带走孩子，今天我就死在你面前。"

你狠狠瞪了我一眼，一跺脚走掉了。

我虚脱一样跌坐在沙发上，小威柔软的小手摸着我的脸，掉着泪问："姥姥，疼吗？"我极力控制着眼中的泪水，拍拍孩子的头，爬起来去厨房做饭。

今天晚上，我还要陪他去学小提琴。

2

从小提琴班回来，已经晚上 10 点了，让小威洗漱，安置他睡下。我一边将酸痛的脚泡进温水里，一边摸索着拨通你的电话。

无论你说了什么狠话，我都无法不去担心你。三十年前，你眼下所面临的黑暗正笼罩在我的世界中。我知道离婚对于一个女人来说是怎样的绝望和疼痛，孩子，我真担心盛怒之下你做出什么出格的事情来。

你似乎在一个嘈杂的场子里，应该喝醉了，胡乱报出地址后大哭着冲我喊："我不要你管。"

我哆嗦着重新穿上衣服，忍着双脚的酸痛，轻轻关上了卧室门。午夜的街头，我走了几千米才打到一辆出租车。

那家酒吧终于找到了，我也终于看到了你，半闭着眼睛歪在一个男人的怀里。想都不想我就冲了上去，一把推开那个色眯眯的男人，拉起你就走。

你歪歪扭扭地挣扎，我操起桌上一杯冰水，浇到你头上。

你一下子清醒过来。

回家的出租车上，你什么都不说，执拗地将头歪在一侧。我只觉得整个人抖成一团，血管突突跳着。下了车，你飞身上楼，而我，却一下子瘫软在地上。

直到这时，我才发现，自己的一只鞋子早就不见了。

你看到我惨白的脸色有点儿傻了，而那只赤裸的脚更是让你触目惊心。

静默的午夜，你忽然跪在我面前，让我趴在你的背上。

四十五级台阶，听着你沉重的喘息声，我一级级数着，内心所有的委屈和愤怒都化成了泪水。这熟悉的台阶，我曾背过你多少次啊！而今天，第一次俯在你的背上，我才明白，过去的所有苦，未来的所有苦，因为有你，全都值得。

3

我没出息地病倒了，医生坚持要我卧床休息几天。

可是我如何歇得了，小威的才艺班一天都不能耽搁啊！

你含着泪坐在我身边，半天吐出一句话："我正好有几天休假，你就甭管了。"

你带了小威整整六天。躺在床上，我偷偷看着你和小威在一起的样子，欣喜地发现，这几天，你和孩子发脾气的次数越来越少了。

要上班前的夜里，我蹲在书房整理你的书籍，这些读物，是不眠时候最好的安慰。

你这时却再次和我提起了那个话题，接小威过去同住。

我坚决不同意。

你的眉头再次皱起来："妈妈，你知道我一个人在公寓里多么孤独吗？你就让小威陪陪我吧。"

看着你日渐消瘦的面颊，我当时真是动摇了。可是，一想到未来，我的决心又坚定下来。

孩子可以成为暂时的安慰，但如果一个女人要想收获长久的幸福，必须重新寻找一份爱情。如果有了小威，你怎么还会有时间和心情去接触另外的男人？

只是，这样的话，我不敢讲给你听。刚刚受了伤害的你，对爱情暂时绝望了。

好在我还有另外的理由——你的工作根本不允许陪伴小威上这么多的才艺班。

你定定地看着我："其实，这也是我想接走小威的原因，孩子太累了，你也太累了，妈妈，这一切又是何苦呢？"

是啊，这是何苦？这句话，不止一个人问过我。

我摇摇头，看着你，只有一句话："再苦再累，只要我和小威不觉得，那就足够了。"

谈判又一次不欢而散。

4

你再次走了，不仅离开了家，而且离开了这座城市。

说实话，我很想你。可是，你每次打电话回来，我都要和小威统一口径：没有你，我们依然过得很好。

你是已经羽翼丰满的鹰，应该有更高的天空去飞翔，我怕小家的儿女情长，会让你丧失继续飞翔的勇气。

事实上，我和小威也真的过得非常好。

他参加了全省少年歌手大赛，得了一等奖。一年 365 天，天天跟着孩子风雨无阻地去学习，我的老寒腿竟然见轻了，身体无形中硬朗起来。小威可开心了，他经常对我说："姥姥，等我长大了，我一定给你买一套一千平方米的大房子，上厕所都让您坐飞机去。"

我哈哈大笑着把小威抱在怀里，这才发现，不知不觉间，那个五岁的男孩儿已经长大了。他现在不仅一身才艺，而且是学校的学习标兵。

小威的健康成长，让你一直阴霾的脸上终于露出了灿烂的笑容。我那颗悬着的心，轻轻放了下来。可这时，另一件事情出现了。

小威的爸爸找上门来，要求孩子的探视权。

你暴跳如雷，指着那个和小三私奔的男人的鼻子，质问他："当初抛妻弃子时，你可想过孩子的孤单可怜？在他最需要父亲引导的童年，你又去了哪里？"

小威躲在房间里偷偷抹泪，懂事的他，牵着我的手咬着牙说："姥姥，我不认识这个人。"

看看痛苦的小威，再看看愤怒的你，那个瞬间我感到人生的滑稽，你的童年和小威的童年，简直是历史的重演。

当年我坚持拒绝了你父亲的探视。而今天，我却不想再让小威失去这个机会。

无论这个负心的男人怀抱何种目的而来，有一点不可否认，这个世界上，只有他，才是小威的父亲。我们不能因为大人的仇恨剥夺孩子享受父爱的权利，因为，在你身上，我已发现，父爱的缺失，会是横亘在心灵上的巨大伤口。

小威开心地跟着那个男人走了，他们去度过父子分别五年后的第一个快乐周末。

看着孩子的背影，我的泪哗哗地落下来。小威的内心圆满了，你呢？我亲爱的女儿，你的内心何时圆满？

5

一年后，你牵着另外一个男人的手出现在了我的面前。

小威终于有新爸爸了。

你犹豫着和我说起，你们给小威找了更好的艺术学校去学习。你的话还没说完，小威一把就抱住了我："不，我不离开姥姥。"

　　我笑着拍拍小威的头，十一岁的男孩子，已经比我高了。辅导教育这样大的孩子，其实我早已经有点儿力不从心。如今有了更好的学校，也有了再次圆满的家庭，小威，也到了离开的时候了。

　　安静的午夜，小威和他的新爸爸亲密睡下了。昏黄的灯光下，将小威的衣服裤子一件件整理到衣箱里，我忽然有点儿失魂落魄。

　　孩子要走了，我就要再次面临漫长的孤单和寂寞，一想到闲下来的白昼会那么长，静下来的深夜会那么黑，我忽然再也忍不住抽泣起来。

　　你被我的眼泪弄得肝肠寸断，和我商量，如果我实在不愿意，就让小威继续留在这里。

　　我慌忙揩掉眼泪："不，这怎么可以。"

　　糊涂的我，无论离伤有多重，也不会忘记，自己培养小威的初衷。

　　其实我并没有望孙成龙的野心。对小威的所有培养和坚持，都是因为你。

　　和别的母亲比起来，我一直认为自己是个不合格的母亲，没有给你幸福的童年，也没有给你富裕的青年，甚至在你离婚后，都不能帮你分担一点儿生活的艰难。纵观我这一生，是无法给你留下一笔丰厚的遗产了，好在还有小威。我之所以坚持送小威学习十八般武艺，其实不是为了让他成为什么明星，而是希望孩子长大之后你能老有所依。

　　我能为你做的，也只有这么多了。

　　书上说，每个母亲都有锦于心绣于口的寄望，偷偷想象你同我一样衰老后的幸福生活，这是我最私密的快乐。

　　清晨的阳光洒下来，轰隆隆的火车越开越远，那三双不断挥别的手越来越小。轻轻转身，揩掉眼角的泪，我终于可以放心地走向自己的暮年。

文/琴台

寂寞和它一般长

一个人的时光是漫长的，她用来削出长长的苹果皮。

那时候，正值青春，爱情是晚点了的火车，没有和朝阳一道儿自远远的东方神圣驶来。每到周末，同寝室的女孩子羞答答被男孩子邀去看电影，散场后还相对着吃一碗热气腾腾的馄饨。只留下她一个人，空落落的，守着寝室。

某日，吃苹果削皮的时候，她忽然不想很快削完。削完了干什么呢？她放下方便好用的刨子，拿起了闪亮的水果刀。一圈一圈地削皮，苹果在左手的拇指和中指间转，苹果皮潮凉潮凉的，从右手指间垂落下来。

起先，削下的皮又宽又厚，还常常断。她急了点儿。后来，心磨得定了，也掌握了技巧，削下的皮窄而整齐，厚薄均匀，不断，像用韵工整的歌行体长诗那般悠长。她常捏着在窗口的晚风里荡，比量着，寂寞是不是和它一般长？

后来他来了。他一来就给她拎来大半袋的丰腴红艳的苹果，她那么爱着的薄凉而潮湿的甜。

所谓恋爱，就是再笨拙再卑微的女孩子，都得了一个可以恃宠撒娇的契机。她也是。她枕着他的腿，一半甜蜜一半嘲笑地看他削苹果喂给她吃，他刀法不是很好，手指上沾了许多苹果的皮和肉的碎末，但削得认真，虔诚得近似上供，她吃得情意绵绵。对于女人，幸福有时候就是简单通俗到找到一个安心给自己削一个苹果的男人吧？

结婚后，近乎奢侈地过了两年的二人世界。晚上，坐在沙发上看电视，自然是他削苹果，刀光剑影，已经身手敏捷，看着一根薄薄的"果皮带"从手指缝里抽出来，他竟有了一点儿成就感。削好后，他将外面一圈切下给她，她伸手接过来，眼睛没离开电视机。

她躺在沙发上吃，脚丫子搭在他的脚丫子上，偶尔随着电视剧的剧情起伏抖两下。他们共享一个苹果，她吃肉，他啃核。冬天，他怕苹果凉了，于是把苹果肉切成丁，放在杯子里，灌上开水，附上竹签，让她趁热戳了吃。最后的几块，在开水里泡得时间长了，不够脆，也失了味，是他吃。

孩子出生后，她才发现，女王梦是做不成一辈子的。

晚上，她坐在电脑前敲，心急赶稿子。五岁的儿子磕磕绊绊捧来一个大苹果，说："妈妈，我想吃！"她一阵心疼，赶忙找来刨子，唰唰，动作斩钉截铁。削好皮，然后切下两大片苹果肉，给小家伙，小家伙一只手举着一块，蹦跳着离开。她看看削去了两面"苹果月"后剩下的"苹果饼"，还有肉，没舍得扔，拿起来边敲边啃。这次，儿子吃肉，她啃核，在核边啃到了点点的甜。

老公参加朋友的聚会，不肯丢下当年的江湖豪气，酒喝多了点儿，回家后躺在她身边的椅子上，耍赖不肯去洗澡。她摸摸他的脸，烫得很，削了一个苹果，切下两面"苹果月"，给他，自己再次消受那"苹果饼"。

也有时候，他没有应酬，回家早，她和儿子在灯下看书，儿子嚷着吃东西。于是，他削了两个来，一样的切法，盛在白瓷的小碟子里，端来。只是，是她和儿子吃"苹果月"，他在后面，啃那更薄更瘦的"苹果饼"，津津有味。

也不知道从什么时候起，她发现，每次吃苹果，基本都是三个人。三个人吃两个苹果，吃"月"的一定是儿子，吃"饼"的一定是他或她。但是，也搞不清楚，两个人谁的"饼"吃得更多些，生活总是那么忙，琐事雪片一般乱纷纷，谁记得清？

转眼，儿子上了高中，离家在外读书。她不用给儿子削苹果了，竟然，家里的苹果常常忘了吃，以至烂掉。她发现，自己好像不是那么想吃苹果的，或者，根本就已经吃不掉一个完整的苹果了。

伺候儿子的这些年，每次都是弄苹果给儿子吃时，自己才顺带着吃一点儿，吃三分之一的苹果似乎已经成了她的生活惯性。于是，偶尔心血来潮一般，他和她，相对再次共享一个苹果。只是，不是从前的一个吃外面的肉，一个啃里面的核，而是，从中间轻轻掰开，一人一个"半月"。各吃一半的肉，啃一半的核。甜和苦，都在享受，都在担负。

即便如此，两人共享一个苹果的时候依然很少。中年了，他是单位里的中上层干部，承上启下，忙到打麻将也都成了工作。已非年少，可是又还未及垂老，哪里会恋着巢穴之暖？

中年的男人，坐在时间的马背上，就像成吉思汗，只爱着一路扬鞭策马朝远方，图的是幅员辽阔带来的生动，至于后方如何的荒草萋萋，是常无暇顾及的。儿子已经上大学，朋友如孙悟空的毫毛一般多，连放假都舍不得回家。那就一个人吃苹果吧！转了一个圈，最后，还是一个人吃苹果。

像从前，不用刨子，用刀，她不想很快削完。削完了干什么呢？已将长发挽起，在宽敞寂静的房子里，削薄薄的皮。只是，皮常常削断，东一截西一截的，横竖乱散在茶几上，像猜不透的字谜。

文/许冬林

All over the world, you're the apple of my eye.

世界这么大，我只喜欢你。

Part 3

那些
都是爱的另一个名字

又宽又厚的，是爸爸的肩，
坐上去能看见更远的风景。
我们越来越大了，而他们却越来越老。
时光慢些吧，留住爸爸的背影，这是我眼中最好的风景。

一个父亲的幸福

刚刚搬入新居不久。这天，我面朝着宽大的落地玻璃窗，端坐在电脑前，神闲气定地专心打着字。光线很好，明媚的阳光像瀑布一样泼洒进来，周遭温暖、清亮、宁静，心情也沐浴在一片暖融融的气氛中。

突然，大门响起一阵"叮叮咚咚"杂乱的敲门声，像宁静的湖面扔进了一块石子，打破了这份宁静和惬意。我心里好生纳闷，嘀咕道：门上不是有门铃吗？为什么还要这样乱敲门？

我走到门边，从猫眼里往外看去，只见是一个陌生人。他头发蓬乱，脸上的灰尘混合着汗水，渍渍点点，眼睛里露出一种焦灼和茫然的神色。他是谁？想干什么？我警惕地将门打开一条缝隙，问道："你找谁？"

只见那人脸一下子涨得通红。他从口袋里摸出一包皱巴巴的香烟来，抽出一支递过来，脸上堆满了讨好的笑，嗫嗫嚅嚅地说道："同志，我是在您住的这片小区干活的民工。我想请您帮个忙，不知您能不能同意？"

"什么事？"我没接他那支香烟，戒备地回答。

见我还算平静，没有那种拒人千里之外的冷漠态度，他的脸上流露出一种激动，脸涨得更红了，急促地说道："是这样的，我儿子马上就要放暑假了，就要从老家到城里来看我了。孩子说，他想亲眼看看自己的父亲在城里盖了多少漂亮的房子，城里人住得舒服不舒服。我想，孩子来了后，我能带孩子到您家看看吗？如果他看到城里人住上他爸爸盖的这么好的房子，心里一定感到非常自豪和幸福的，不知您能不能同意。房子盖了许多，可我从来不知城里人住在里面的情况，很难对孩子说清楚，否则，我只能带孩子在外面看看了，那样，我担心他会遗憾的。"这位民工一口气把话说完后，两眼露出渴望，一脸焦灼和企盼。

我恍然大悟，原来这位民工父亲，是为了让乡下的孩子亲眼看见自己在城里的"杰作"，真是一个心细的父亲啊！我也是一个父亲，自己在工作中取得了一点儿成绩，或者在报刊上发表了一篇小文章，不是也喜欢在儿子面前表现一番吗？那是一个做父亲的自豪和骄傲啊！想到这儿，为了不辜负这位民工父亲这个小小的愿望，我毫不犹豫地点头答应了。

这位民工见我爽快地答应了，激动地连连称谢，嘴里连声说道："谢谢，谢谢！您可真是个大好人啊，我问了好几家，人家一听说

我要带孩子来看看他们家，有的一句话也不说，随手就将门'哐'
地关上了，吓了我一大跳；有的说我脑子有问题；还有的跟踪我，
怀疑我是坏人……今天，我可遇到大好人了啊！"这位民工的脸上
一片喜悦，荡漾出一种明媚。

　　几天后，这位民工父亲果然带着一个小男孩来到我家。小男
孩约有十三四岁的样子，黝黑的皮肤，结结实实的身体，一双眸
子很亮。见到我，小男孩有一种怯怯的样子，看到我热情和蔼地
抚摸着他的头，才放松起来。他父亲在旁一脸歉意，不停地说道："乡
下孩子，不懂事，请多包涵。"

　　父子俩换上我递上来的鞋套，小心翼翼地迈着步子。也许是
第一次踩上木地板，他们好像生怕将木地板踩坏了似的，步子迈
得格外轻缓。我看到，此时，一只大手和一只小手紧紧地握在一起，
两人的目光中有一种扭捏和拘谨。

　　做父亲的好像在努力地显示出一种老练和成熟，只见他边弯
下腰，边对儿子讲道："叔叔家住的这套房子就是爸爸所在的建筑
公司盖的。当时在盖这栋楼房时，我负责砌墙，你别小看了这砌
墙的活儿，必须做到心细、手细、眼细，不能有丝毫的偏差。你看，
当时在砌这面墙的时候，这面墙上还留有一个洞口，和邻居之间
是相通的，为的就是运送砖块、水泥、黄沙等材料方便，待房屋
建好后，再将这洞口堵上，从此，两家再也不相通了。现在，我
要是不说，你可一点儿也看不出啊！哦，对了，我的中级工考试

也通过了，现在，我也是有文凭的建筑工人了。"

孩子的父亲向儿子努力地介绍着，仿佛又回到了当初建房时的种种细节中。看得出，他竭力地想向孩子描绘出自己在城里打拼时的一些细节，让儿子感受到自己在城里工作的情景。

儿子听了，不停地望着他的父亲，眼睛里流露着一种自豪和骄傲的神色，只见他，又用另一只手握了握父亲的手。父亲的腰板似乎又直了许多。面对此情此景，在一旁的我，心里也有一种温暖的感觉。

一会儿，这对父子就看完了我的新居，两人退向门边向我告别。突然，这位民工父亲伸出两只手，一下子紧紧地攥住了我的手说："今天，是我进城打工以来过得最幸福的一天，我能进到城里人家，感受到了一种城里人家的温暖，这种幸福我一辈子也忘不了。"我看到这位民工父亲的眼睛里涌上一片晶莹。

没想到，在我看来一件简单的事，只不过让这对父子进了我的新房看了看，竟让这位民工父亲这么激动。就这一下子，我感到，我和这位民工父亲心的距离拉近了许多，周遭洋溢着一种温暖。

父子俩互相搀扶着下楼，只听到孩子对他父亲说道："爸爸，您真了不起，盖出这么好的房子，城里人住得真舒服，如果我们在城里也能住上您盖的这么好的房子就好了。"儿子的语气里有种羡慕和向往。父亲爱怜地摸了摸孩子的头，说道："傻孩子，这怎么可能呢？不要乱想了。我想，你只要在家里把书念好了，帮爷爷奶奶多干点儿活就行了。"

孩子仰起稚气的脸，掷地有声地说道："怎么不可能？我一定好好读书，将来有出息了，我一定要让您和妈妈住上您在城里盖好的房子里，和城里人一样生活。"

听了孩子的一番话，这位民工父亲情不自禁地将孩子往怀里搂了搂。我看到，这位民工父亲的腰杆努力地挺了挺。顿时，他在我眼里一下子高大了许多：一个父亲的伟岸和坚强。

文/李良旭

只要七天的温暖

几年前，我在市供暖公司上班，负责收取供暖费。我们这座北方小城，到冬天，家里如果不通暖气，似乎连空气都能结成冰。

那年冬天来得特别早，仿佛秋天刚过一半，就到了隆冬。那个下午，在窗口前等待交费的人，排成长龙。我注意到一个男人，总是在轮到他的时候，就站到一边，独自待一会儿；似乎后悔了，再从队尾排起；等再一次轮到他，却又站到一边待会儿，再一次回到队尾。好像，他想跟我说什么，却总也开不了口。

临下班的时候，整个交费大厅只剩下他。我问："您要交费吗？"男人说："是交费，是交费。"声音很大，语速夸张地快，似乎一下午的勇气，全都聚在一起了。

我问他家庭住址，他急忙冲我摆手，"不忙不忙，"他说，"先麻烦问一下，能不能只交八天的钱？"

我愣住了。心想，只交八天的钱，开什么玩笑？

他急忙解释："我知道这违反规定，我知道，供暖费应该一次交足四个月。可是，我只想交八天的钱。你们能不能破个例，只为我们家供八天的暖气？"

男人五十多岁的样子，却已经满脸皱纹，包括嘴角。那些话便像是从皱纹里挤出来的，每个字，似乎都饱经了风霜，苍老且浑浊。

"可是为什么呢？"我迷惑不解。

"是这样，"男人说，"我和我爱人都下岗了，还要供儿子念大学，没有余钱交供暖费——其实不交也行，习惯了，也不觉得太冷。可是今年想交八天，从腊月二十九交到正月初七……"

"可是，一冬都熬过了，那几天又为什么要供暖呢？因为过年吗？"我问。

"不是不是，"男人说，"我和我爱人，过年不过年的都一样。那几天通暖气，因为我儿子要回来。他在上海念大学……念大三，两年没回家了……我也不知道他在忙些啥，打工忙，还是读书忙。不过今年过年，他要回来……写信说了呢，要回来住七天，要带着女朋友——他女朋友是上海的，我见过照片，很漂亮的闺女。"男人慢吞吞地说着，眉毛却扬起来。

"您儿子过年要回来住七天，所以您想开通八天的暖气，是这意思吧?"我问。

"是的是的。"男人搓着手,有些不好意思,"他回家住七天,我打算交八天的暖气费——家里太冷,得提前一天升温,否则他刚回来,受不了的……我算过,按一平方米每天一毛钱计算——是这个价钱吧今年——每平方米每天一毛钱,我家五十八平方米,一天是五块八毛钱,八天,就是四十六块四毛块……错不了。"男人从口袋里,掏出一小摞钱给我。"我数过的,"男人说,"您再数数。"

我盯着男人的脸。男人讨好地冲着我笑,又怯怯的。那表情极其卑微,为了他的儿子,为了八天的供暖费。

当时我极想收下这四十六块四毛块,非常想。可是我不能。因为不仅我,连供暖公司,也从来没有遇过这样的事。

于是我为难地告诉他:"我得向上面请示一下。因为没有这个先例。这件事,我做不了主。"

"那谢谢您,"男人说,"您一定得帮我这个忙。我和我爱人倒没什么,主要是,我不想让儿子知道,这几年冬天,家里一直没通暖气……"

我起身,走向办公室。我没有再看男人的脸,不敢看。

最终,公司既没有收下男人的钱,也没给男人供八天的暖气。原因很多,简单的,复杂的,技术上的,人手上的,制度上的,等等。总之，因为这许多原因，那个冬天，包括过年，我想，男人的家应该冷得像个冰窖。

后来我想，其实这样也挺好。当他的儿子领着漂亮的女朋友从上海回来，当他发现整整一个冬天，他的父亲、母亲都生活在冰窖似的家，也许，那以后，他会给自己的父母，比现在多出几倍的温暖吧？

文/小小舟

要怎么说，您才肯信？

　　1994 年和 1995 年的记忆，令我挥之不去。因为那段时间，我是在饥饿中度过的——不是偶尔没有饭吃，而是几乎天天吃不饱。

　　那时我刚刚毕业，满怀着自以为是的豪情，一个人跑到这座陌生的城市。在几经用工单位的拒绝后，终于在近郊找到一份安装铝合金门窗的活儿。那是个很小的工厂，没有伙房，住宿舍的也只有我一个。宿舍就是工厂的库房，堆放着许多杂七杂八的东西，只是在靠窗的位置安放了一张床——这种地方，当然是不允许生火做饭的。

　　一日三餐只能在外面对付。街头的饭摊、肮脏的饭馆、卖大饼稀饭的流动小贩摊，都是我经常光顾的对象。更多的时候，我只是买一包方便面，往里面倒一包咸菜，再拿开水一冲，就是一顿饭。

工厂不景气，有时一连三个月不发一分钱，这样我就常常连方便面也吃不上。那时对付饥饿的办法就是多喝水，给自己制造出一种饱的感觉；如果赶上有客户请客，我就会猛吃一顿，试图锻炼出牛一般的胃；更多时就是忍着……没办法，只能忍着。

我忍了两年。

其实我完全可以回老家去。乡下的生活苦是苦些，但可以顿顿混个肚儿圆。但是我不想回去，确切说是不敢。我怕自己终成那些父辈，一辈子困在某一处山坡，赶着成群的牛羊。

那段时间，基本上每个周末，我都会给家里打一个电话。电话亭就在宿舍的门口，是厂长夫人开的。作为发不出工资的补偿，她允许我可以先赊账。

给家里打电话，成为我最大的负担。这负担不是经济上的，而是心理上的。说什么呢？当然要挑好的说。可是那两年里，我的生活中，还有可以拿出来招摇的事吗？是的，招摇。儿子可以在父母面前招摇，那是一种幸福。对我，以及对我的父母，甚至，哪怕有一点点可以让父母稍稍欣慰的理由，我都可以放大一百倍说给他们听。可是，有吗？

"还好吗？"父亲说。

"还好。"我说。

"还在那个厂？"

"是的。"

"在外面小心点儿，不比在家……"

"知道了。"

"晚饭吃了吗？"

"……吃了。"

"什么？"

"馒头……还能吃什么……当然是馒头。"

"菜呢？"

"……酸辣白菜……还有拌黄瓜……豆腐乳……就这些。"

"能吃饱吗？"

"能的。"

"真的能？"

"真的……"

匆匆挂断电话。

其实没有晚饭可吃，也没有午饭和早饭。

我知道父亲并不相信。他的话中，透露出父亲对儿子的莫名其妙却是深入骨髓的了解。我恨自己蹩脚的表演。有时候，我真想问一问我的父亲，我怎么说，您才肯信呢？您告诉我，父亲。

我骗了父亲两年，我知道他不信。有时候回家，父亲会以种种理由塞给我钱，有时是几十，有时是几百。这些理由中，唯独没有让我吃饱饭。他从来不会揭穿我。事实上，他也在用蹩脚的表演，小心翼翼地维系着我的自尊。

两年后，一个外资企业招收服装设计。我去了，被破格录取。

那天我给父亲打电话，我告诉他我换工作了！我成设计师了！我也是白领了！

父亲沉默了好久。后来他淡淡地问我："晚饭吃了吗？"

我说："吃了。真的吃了，以后我不用挨饿了！"

"真的吗？"父亲说。

那一刻，电话这端的我，几乎想给父亲跪下。我知道父亲仍然在怀疑。他仍然以为我在骗他。他仍然认为我吃不饱饭。我告诉他："我真的吃过饭了。公司里有免费的一日三餐，我以后，真的不必再挨饿了。"

"是真的吗？"父亲仍然问。

那天我一个人去了海边，喝了很多酒。那天我醉得很深，哭得一塌糊涂。心中，我一次次地问着自己的父亲，怎么说，您才肯相信呢？

文/周小舟

尘世里最美的相守

　　楼下的小饭馆里，常会看到一对相扶相依来吃早餐的父女。父亲满头白发，走路蹒跚，大约有七十岁。女儿三十多岁，神情羞怯、视线畏缩，略微智障的她，除了父亲，基本是不会与任何人交流的。

　　他们每次来，都坐在最靠角落的位置。老板显然已经与他们相熟，假若他们未到，有人要坐那里，他即刻会阻拦住，为客人另寻坐处。即便是他们不来，那位置也会空着。有人便提意见，说，他们又没有买下来，何故不许别人来坐？况且，他们来了，现起身相让，也不为迟。

　　老板对这样的争执并不做解释，只说，让他们坐在那里，不被人打扰地吃一顿早餐，也算你我行一件善事，所以，大家还是体谅一下吧！实在心里憋屈，就当成老板我自己包了，成不成？

　　这个位置，自此便少有人再争。这对父女，当然不知道背后的摩擦，每天清晨，做女儿的，像个小女孩，打扮一新，要么躲在父亲身后，要么低头挽着他瘦弱的胳膊，从家里行至饭馆。一路上，总有人朝做父亲的打招呼，说，身体还好吧？

　　父亲总是微微笑着，点头简洁地道声好，便少有言语。这样日常的问好，对于做女儿的，却似乎是种煎熬。每每有人看过来，她便将头埋得更低，就像一朵敏感柔弱的含羞草。

　　所幸从家至饭馆的距离，并不算远，大家都忙着上班、晨练，排队买早点，无暇他顾。这倒让做女儿的，可以一路欣赏风景。偶尔，还会细声细气地问父亲一些天真的问题。这样安静的一程行走，对于他们是种幸福。父亲满足于女儿一脸稚气的提问，似乎她单纯的信赖和倚靠，让这个老到无用的男人，又成为年轻时那个顶天立地的大丈夫。

　　而女儿，则始终像靠着一座坚毅挺拔的大山，她的智力，或许尚不能明白生老病死乃人生的一种自然，亦不能想象，假若有一天，父亲离开了她，又该如何生活。她只是安然享受着这样每日有父亲相陪的散步，享受在拥挤的饭馆里，父亲为她掩住人群的视线，又将韭菜花，细细撒在她的碗中。

　　我曾经仔细观察过他们吃饭时的神态。父亲慈祥和蔼，牙齿不好的他，嚼蒸饺的时候，总是很慢，就像一个电影里抒情的慢镜头，时光在那一刻，有感伤的静寂。他显然已经老了，老到拿汤匙的手，都显出动作的迟钝。

　　但他并不会忘记帮对面的女儿搅搅热烫的豆浆，或者给她的小碟里倒一些辣酱。他还随手带着她爱吃的腐乳，看她像个几岁的孩子那样，用一根筷子蘸一蘸，而后放到口中用力地吮吸干净，总会怜爱温柔地笑笑。

　　而女儿，总有一个剩饭的习惯，每每喝到一半，便任性地将碗推到父亲面前，看父亲一口口喝下去了，才心满意足地绽开笑颜。她吃饭快，吃完了便像听课的小学生似的，安安静静地坐着，等着父亲。

　　吃不完的油饼，她还会用自己带的饭盒，盛起来，放入军绿色的书包里。自始至终，她的视线，都不会离开父亲，就像那是一个安全的港湾，一旦驶入，她一生都不愿离开。

　　我从未见女儿单独出来过，但饭馆老板却给我讲了一次例外。是去年的秋天，父亲下楼为女儿买饭的时候，不幸跌落下来，小腿骨折。尽管请了护工，女儿不必担忧，但那天她却例外地出了门，到饭馆里，要父亲喜欢喝的豆腐脑。

　　老板知道她怕人，让她去角落里坐等，她却执拗地不肯去。她就那样低头站在人群中，被许多人有意无意地看着，脸上，是努力要隐藏住的慌乱和惊惧。老板很快地将父亲爱吃的早餐打包，交给女儿。女儿接过来，看了一眼，并没有转身离开，而是低低地恳求老板：能不能，多加一些韭菜花？老板当即心底一软，拿了一个小袋，温柔地拨了大半瓶的韭菜花进去。

老板说，究竟还是做女儿的，尽管智障，却记得父亲最喜欢吃韭菜花。而那样一个恳求，几乎让老板这个粗心大意的东北汉子流下泪来。

听说，曾经有人好心地要给女儿找个人家，这样当父亲不在了，也会有人照顾。可是做女儿的，把自己锁在屋里绝食许多天，直到父亲答应不将她嫁出去，她才乖乖地再次跟父亲下楼。

这个日渐老去的父亲，在老伴走后，本可以跟着南方的儿子去安享晚年，但却因为女儿，始终不肯离开北京。他宁肯自己一步一歇地下楼买菜做饭，也不愿丢下这个完全将他当成臂膀依靠的女儿。

这对父女的彼此相扶，对于外来居住的人，或许只是一道残缺的风景；而对于经年居住此地的人，则是一种幸福的彰显。没有人，能够像他们那样，给予我们如此生动细腻的爱的启迪，每一天，看到他们，出现在小区的花园里，人们的心底，便会品味出真实恬淡的幸福。

而我们居住的尘世，亦因此始终值得我们留恋、珍惜。

文/倪好

坐在板凳上的两个男人

上大学后的第一个暑假，回家。坐在墙根下晒太阳的父亲，将身子往一边挪了挪，对我说，坐下吧。印象里，那是我第一次和父亲坐在一条板凳上，也是父亲第一次喊我坐到他的身边，与他坐同一条板凳。

家里没有椅子，只有板凳——长条板凳，还有几张小板凳。小板凳是母亲和我们几个孩子坐的。父亲从不和母亲坐一条板凳，也从不和我们孩子坐一条板凳。家里来了人，客人或者同村的男人，父亲会起身往边上挪一挪，示意来客坐下，坐在他身边，而不是让他们坐另一条板凳，边上其实是有另外的板凳的。

让来客和自己坐同一条板凳，不但父亲是这样，村里的其他男人也是这样。让别人坐在另一条板凳上，就见外了。据说村里有个男人走亲戚，就因为亲戚没和他坐一条板凳，没谈几句，就起身离去了——他觉得亲戚明显是看不起他。

第一次坐在父亲身边，其实挺别扭。坐了一会儿，我就找了个借口，起身走开了。

不过，从那以后，只要我们父子一起坐下来，父亲就会让我坐在他身边。如果是我先坐在板凳上，他就会主动坐到我身边，而我也会像父亲那样，往一边挪一挪。

工作之后，我学会了抽烟。有一次回家，与父亲坐在板凳上，闲聊。父亲掏出烟，自己点了一根。忽然想起了什么似的，犹豫了一下，把烟盒递到我面前说，你也抽一根吧。那是父亲第一次递烟给我。父子俩坐在同一条板凳上，闷头抽烟。烟雾从板凳的两端飘浮起来，有时候会在空中纠合在一起。而坐在板凳上的两个男人，却很少说话。

与大多数农村长大的男孩子一样，我和父亲的沟通很少，我们都缺少这种能力。在城里生活很多年后，每次看到城里的父子俩在一起亲热打闹，我都羡慕得不得了。在我长大成人之后，我和父亲最多的交流，就是坐在同一条板凳上，默默无语。坐在同一条板凳上，与其说是一种沟通，不如说更像是一种仪式。

父亲并非沉默寡言的人。年轻时，他当过兵，回乡之后当了多年的村干部，算是村里见多识广的人了。村民有矛盾了，都会请父亲调解，主持公道。

双方各自坐一条板凳，父亲则坐在他们对面，听他们诉说，再给他们评理。

调解得差不多了，父亲就指指自己的左右，对双方说，你们都坐过来嘛！如果三个男人都坐在一条板凳上了，疙瘩也就解开了，母亲就会适时走过来喊他们吃饭、喝酒。

结婚之后，有一次回乡过年，与妻子闹了矛盾。妻子气鼓鼓地坐在一条板凳上，我也闷闷不乐地坐在另一条板凳上，父亲坐在对面，母亲惴惴不安地站在父亲身后。

父亲严厉地把我训骂了一通，训完了，恶狠狠地对我说，坐过来！又轻声对妻子说，你也坐过来吧！我坐在了父亲左边，妻子扭扭捏捏地坐在了父亲右边。父亲从不和女人坐一条板凳的，哪怕是我的母亲和姐妹。那是仅有的一次，我和妻子同时与父亲坐在一条板凳上。

在城里终于有了自己的房子后，我请父母进城住几天。客厅小，只放了一对小沙发。下班回家，我一屁股坐在沙发上，指着另一只沙发对父亲说，您坐吧！父亲走到沙发边，犹疑了一下，又走到我身边，坐了下来，转身对母亲说，你也过来坐一坐嘛！

沙发太小，两个人坐在一起，很挤，也很别扭，我干脆坐在了沙发帮上。父亲扭头看看我，忽然站了起来，这玩意儿太软了，坐着不舒服。只住了一晚，父亲就执意和母亲一起回乡去了，说田里还有很多农活——可父母明明答应这次是要住几天的啊！

后来还是妻子的话提醒了我，一定是我哪儿做得不好，伤了父亲。难道是因为我没有和父亲坐在一起吗？不是我不情愿，真的是沙发太小了啊。我的心隐隐地痛。后来有了大房子，也买了三人坐的长沙发，可是，父亲却再也没有机会来了。

父亲健在的那些年，每次回乡，我都会主动坐到他身边，和他坐在同一条板凳上。父亲依旧很少说话，只是侧身听我讲。他对我的工作特别感兴趣，无论我当初在政府机关工作，还是后来调到报社上班，他都听得津津有味，虽然对我的工作内容，他基本上一点儿也不了解。

有一次，是我升职之后不久，我回家报喜，和父亲坐在板凳上，年轻气盛的我，一脸踌躇满志。父亲显然也很高兴，一边抽着烟，一边听我滔滔不绝。正当我讲到兴致时，父亲突然站了起来，板凳一下子失去了平衡，跷了起来，我一个趔趄，差一点儿和板凳一起摔倒。

父亲一把扶住我，你要坐稳喽！不知道是刚才的惊吓，还是父亲的话，让我猛然清醒。这些年，虽然换过很多单位，也做过一些部门的小领导，但我一直恪守本分，就是得益于父亲给我上的那无声一课。

父亲已经不在了，我再也没机会和父亲坐在一条板凳上了。每次回家，坐在板凳上，我都会往边上挪一挪，留出一个空位，我觉得，父亲还坐在我身边。我们父子俩，还像以往一样，不怎么说话，只是安静地坐着，坐在陈旧而弥香的板凳上，任时光穿梭。

文/问道

你是我今生最温暖的依靠

记得那年黄昏，刚下过一场阵雨，院里落了一地桐花。五岁的我在蹚水玩，裤腿上沾满斑驳的泥点。

随着"吱咛"一声，大门被轻轻推开，进来一位身穿军装的男人。妈妈恰好从灶间出来，抬头一看，两只脚像被施了魔法，被男人如水的目光定住。

男人咧开嘴直笑，妈妈揉了揉眼，惊喜地喊："你回来了，你可算回来了。"

妈妈走到我面前，蹲下身子，把我拉进怀里，指着眼前的男人，说："妞妞，快喊爸爸，他是你爸爸。"我挣脱妈妈的怀抱，折身跑回屋，完全不顾及父亲的感受。

父亲是一名军人，他所在的部队常年驻守边防，回家探亲的机会屈指可数。因此，年幼的我对他印象模糊，有一种说不出的疏远感。

父亲在家住了三天，就急匆匆地返回。半年后，妈妈带着我随军来到部队。

又见到父亲，我拽着妈妈的衣襟，躲到她的背后。父亲没有动用家长的威严，他握住我的手，紧紧地贴到胸前，眼里满是疼惜与自责。

父亲尽量抽时间陪我，温暖我那颗孤寂的心。我和他依然如两岸，隔着清清浅浅的溪，内心却无法交集。倔强的我用沉默来对抗，不肯叫他一声爸爸。

多少个静谧的夜晚，父亲走进我的卧室，借着微弱的月光，凝视"熟睡"中的我。他坐到床边，为我捂好被子。我侧着身子，假装睡着，不跟他说话。

直到十岁的一天，学校召开运动会，老师让学生自备运动鞋。父亲冒着大雨步行到市里，为我买回白球鞋。望着淋得透湿的父亲，舌尖转了无数次的"爸爸"，终于脱口而出。

随着年龄渐长，我慢慢理解了父亲。作为一名军人，保家卫国是他的职责，既然选择了参军，就意味着奉献与付出。可是，粗犷的他一旦柔情起来，竟让人心里溢满感动。

记得那一年，父亲带我去山上采摘黄花菜。我们起了个大早，翻过两座山，来到人烟稀少的后山。这里黄花菜长势茂盛，成片的花朵染黄了整座山岗。

我松开父亲的手，如一只快乐的蝴蝶，在开满鲜花的山坡上奔跑。父亲打开帆布袋，开始采摘黄花菜。半个小时后，父亲再抬起头时，不见我的身影，顿时吓出一身冷汗。

父亲穿梭在波浪般的花丛中，焦急地呼唤着我的名字。父亲终于发现了我，我不慎坠落峭壁，被一截树桩挡住。父亲把我拉上来时，我吓得面容失色，偎在他的肩头啜泣。

多年以后，我仍然记得那个夏天，父亲背着"失"而复"得"的我，沿着弯弯的山路，唱着军歌回到了家。父亲用浑厚的歌声，驱散我内心的恐惧，那一刻，我对他是多么依恋。

父亲喜欢读书，他常边翻书边诵读："……环堵之中而观览四海，千载之下而觌面古人。天下之乐，无过于此。而世人不知，殊可惜也。"然后，瞥我一眼，无限深意。

上学时，我最怕写作文，父亲让我多阅读，学会观察生活。在物质匮乏的年代，父亲仍坚持为我购买课外读物，《鲁宾孙漂流记》《儿女英雄传》《红楼梦》《人间词话》等等，塞满我的小书柜。

多年之后，我偶有文章见报，父亲总是给予热情的鼓励，他笑着说："书有尊严，读书人有尊严。"他用汩汩流淌的父爱，把情怯深深的我，灌溉成一朵夏日玫瑰。

不知从何时起，当年英姿飒爽的他，腰杆已不再挺直，双鬓添了缕缕白发。父亲感慨地说："你们长大了，我也老喽。"听了这话，我的心被轻轻撞了一下。

　　窗外又飘起细雨，往事随着雨滴溅出记忆的水花。我在心里默默地感谢，父亲用他坚实的臂膀，为我撑起了一片晴空，是我今生最温暖的依靠。

文/小黑裙

只想让你听听我的心跳

在离开华盛顿之前，我必须去做一件事，这对我来说很重要，因为这些年里，一直有一个影子在我脑海里，既模糊又特别清晰，这种感觉促使我去揭开谜底，于是，我买了去维珍尼亚的机票，匆匆启程。

飞机在进入平流层的瞬间，剧烈抖动了一下，我感觉自己的心脏也急速跳动起来，但那种感觉却不是痛苦，相反，离维珍尼亚越近，我便越激动，快十年了，终于等到这一天。

我从未踏足这片土地，却觉得一切是那么熟悉，是心灵感应吗？或许吧，我拿出手机，仔细看了下日期，没错，今天是 19 号，我最喜欢的日子。

如果不是已经下午三点，我又想尽快找到想要的答案，坦白讲，真希望能好好逛逛这座城市，有些感觉，毫无来由，却异常强烈。

坐上开往巴拉小镇的巴士，倒计时便开始了，我已经在地图上千百次地查看过，它坐落在城市的西郊，是一座安静的小镇。可我的心却无法平静，三点半，三点四十，我不断地看时间，三点四十五的时候，终于到达目的地——列汉德邮政所，一块半吞没在泥土的牌子格外醒目。

我静静地走过去，推开那扇玻璃门，这个样子，原来就是这个样子。站在大厅，我有点儿手足无措，保安走过来，问我需要什么帮助，我不知所以地点点头，也不知怎么地便坐了下来，坐在靠门口的那个位置，因为我要等一个很重要的人。

大厅的时钟"嘀嗒嘀嗒"在响，四点整的时候，果不其然，有人推门而进，我忍不住站起来，看到一对老夫妇，他们有着明显的犹太人特征，微笑着向我点点头，便直往窗口走去。

"还是照以前一样，把钱寄到这个地址。"老人说，旁边的老妇人一定是他的妻子，紧紧靠着他，也使劲儿地在点头。

营业员点点头，迅速地敲打键盘，看得出，她一定为这对夫妇重复过无数次这项工作，我悄悄走过去，清楚地看见，那上面的名字正如自己所料。

当情感再也无法藏匿，我的心几乎要喷涌而出，好不容易忍住眼泪，终于说出了准备千万次的话语："父亲、母亲，我就是安东尼，我就是那个生活在华盛顿的男孩。

"十五年前，因为一次车祸，我必须做心脏移植手术，而与之同时，在维珍尼亚，有一个女孩也遭遇了一场车祸，可惜，她没有我这么幸运，她永远地离开了这个世界。

"但我后来才知道，其实她并没有离去，因为她的父母把她的心脏移植到一个男孩身上，不仅如此，得知男孩的父母也在车祸中罹难，他们在这十五年来，每个月都会寄一笔生活费过去。

"我从邮局查询知道，就是在这里，日期是19号，时间是下午四点。当我终于走向独立，大学毕业后，被德国一家公司录取，即将离开美国的时候，我终于来到了这里，看到了魂牵梦绕的一切。"

老人紧紧把我搂在怀里说："你怎么来了？"

我泣不成声："父亲、母亲，我过来，只是想让你们听听我的心跳！"

文/贺田露

亲手写封家书

我教父亲认字的时候，他已年过半百。他总担心自己会因记性不好，而无法记住我所教授的知识。我轻拍他的肩膀，像他当年哄我睡觉一般安慰他说："爸，您别担心，其实认字是很简单的，只是写，会稍微困难一点儿。"

我把新买的《儿童看图识字》放在他的床头，一遍又一遍地教他朗读声母、韵母。在这座贫瘠的小镇里，他整整生活了五十年。五十年的地方口音，已经让他无法分清平舌、翘舌，前鼻音和后鼻音。

他每念错一次，就会沉郁片刻，细细思索，口中喃喃，慢慢自我纠正。而后，欢喜地跑来念给我听，问我是否正确。

我心里难受极了。对于这将一生都付诸土地的中国父亲来说，晚年学习知识，无疑是一种折磨。于是，有很多次，我板着脸告诉他，再不让他认字了。我以为，他会因此而喜悦，如同厌学的孩子忽然听到学校放假一般。

岂料，他竟因此郁郁寡欢，食不甘味。母亲见他这般模样，只好又将我拉到屋中，再三嘱托。她说，这些天，父亲心里一直内疚，几乎整夜失眠。他觉得一定是自己过于笨拙，才会招致我放弃教他识字。

我眼中瞬间泛起一片汪洋。

经过小院的时候，我把新买的字典递给了父亲，并向他说明，我之所以不愿教他，不过是想让他少受些磨难罢了。

他听出我的良苦用心后便释怀了，同时忐忑地问我："今天还能上课吗？"我点点头。他一个纵身从凳子上跃起来，跑进屋内，将他的《儿童看图识字》取了出来。

我再没打断过他的进程。我知道，我唯一能做的，就是以万分的耐心来对待他的一切提问。

教他使用字典查字时，他经常因分不清平舌、翘舌而找不到需要的字。有几次，他翻得绝望了，竟撇开工具条，一页一页地翻着过去，细细寻看，一看便是一两个小时。

母亲担心他这样下去会把眼睛弄坏，让我想想解决的办法。于是，我又花了几天时间，把他常用的字词罗列开来，注上声母、韵母，并且标明所处字典的页码。

他如获至宝一般，将那张写满蝇头小字的信笺平平整整地贴在门后，早中晚各温习一次。母亲时常笑话他，说他比大学生还要用功。

四月，假期完毕，我即将回到湖南。临别前，父亲要走了我的联系地址。当时，我并不明白他的用意。直到半月后，在湖南的信箱里收到一封笔迹拙劣的信件，才真正懂得他为何如此刻苦学习。

信末，他写了一句玩笑式的结尾——这句原本开玩笑的话，却让我失声痛哭起来。他说："儿子，这是你爹这辈子写的第一封信，写得不错吧？请多多指教。"

原来，他所有的努力，只是想亲手给我写一封简单的家书。

文/告白

All over the world, you're the apple of my eye.

世界这么大，我只喜欢你。

Part *4*

走得最急的
都是最美的时光

我可以锁住笔，为什么
却锁不住爱和忧伤？
在长长的一生里，为什么
欢乐总是乍现就凋落，
走得最急的，都是最美的时光。
——席慕蓉《为什么》

999条短信

2010年夏天的一个傍晚，我忽然接到一个陌生号码的短信。说是有一位正读大学的女孩身患重症，她坚信如果有了999位陌生人的祝福，就可以战胜病魔。如果方便的话，能否发个祝福过去云云。短信的最后，留有一个陌生的手机号码。

对于这类短信，通常我是不会理睬的。据说这是一些皮包公司的惯常伎俩，他们经常会编造出一个个凄惨的故事，然后让你发个短信过去。目的就是让你上当，骗取你的短信费。

第二天出差，在火车上掏出手机想玩一会儿游戏，不经意又看到那条短信。重读一遍后，我想干脆发一条过去吧，万一那边真的有一位身患重症的花季女孩，万一那位女孩真的需要一位陌生人的祝福，就这样置之不理的话，好像有些太过残忍；再说，就算这真是个骗局，对我来说，也不过是损失了一毛钱而已。

尽管不相信几个祝福真能够挽救一条生命，但最终我还是写了几句祝福的话发了过去。想不到仅过了一会儿，对方就回复过来，只有两个字：谢谢。

后来，我更换了手机卡，再后来，把这件事慢慢地淡忘了。

2005年春末，同样是在一个傍晚，我接到一个电话。电话是一位男孩打来的，在确定了我的身份后，一个劲儿地向我道谢。我问谢什么，他说，那个短信。

他告诉我，他是那位女孩的哥哥，通过本市日报社的一位编辑，得知了我的手机号码，然后给我发了那样一条短信。他说，他这么做的目的，只是想让我为他身患重症的妹妹送去一个祝福——他的妹妹坚信，只要拥有了999位陌生人的祝福，便能够重获健康。

"可你是怎么知道我现在的手机号码的？"我问。

"还是那位好心的编辑告诉我的——费了很大的劲儿。"

最后，他坚持要请我吃饭。

男孩的年龄不大，像是刚刚大学毕业的样子，坐在我的对面，有些不安和拘谨。为缓和一下气氛，我开始没话找话。我问他："最终凑够999位陌生人的祝福短信了吗？"他说："是的，比想象的容易些。"

我问："这些发过短信的人，你现在都能够找到吗？"他说："有些换了号码的，就很难找到了——你是个例外。"

我问："难道你要一一请他们吃饭并当面致谢？"他说："是的，

只要能够找到，不过一个月只能请三四位，我的工资有限。"

看得出他非常爱自己的妹妹。我想那位女孩子能有这样一位哥哥，一生都应该是幸福的。

菜上齐了，男孩开始拼命喝酒，表情有些哀伤。突然，我发现自己一直忽略了一件事：既然我的祝福帮助了他的妹妹，那他的妹妹为什么没有来？于是我小心翼翼地问："你妹妹现在读大几？"

男孩喝了一口酒说："妹妹去了。去年秋天去的。其实999位陌生人的祝福，并没有让她重获健康。可是，我仍然要当面一一感谢你们。"他再一次给我深深地鞠了一躬，然后又喝了一口酒。

我唏嘘不已。女孩终究还是走了，那么我们的这些祝福，对她来说，岂不是没有任何用处？

"这些短信，曾给她无限的快乐和希望。每天，她都会一条一条地翻读，然后一条一条地回复。"男孩说，"所以，尽管这些祝福没有能够将她留住，但她在离去的时候，一直面带微笑，没有任何痛苦。"

文/亮亮

门缝里的风景

　　他自己也记不清有多长时间没回家看看了，自从在城里结婚成家后，乡村的老家似乎就成了一种遥远的记忆。其实老家离城里并不算远，只有百十里的样子，那里曾是他求学时朝思暮想的地方，可当他真的适应了城里的生活，他又迅速地把乡村忘记。

　　不是不想常回家看看——带着妻子回家，路上的颠簸让在城里娇生惯养的妻子怨声载道；刚到村口，乡里乡亲自动排成两列看风景一般，让他和妻子浑身不自在；终于到了家门口，希望赶紧找一个清静的地方躲避一下，但敲了很长时间的门，始终没有人来开门……

　　许是父母年纪大了，耳背，继续狠狠地敲门，等得不耐烦的时候，门，终于打开了。是母亲。父亲坐在屋里抽烟，看到他和妻子只是点了点头。屋里太狭仄，阳光不也充足，烟雾在屋内缭绕，有一股呛人的味道，他提着三个马扎来到院子里，和母亲唠嗑。母亲开始向他反反复复讲街坊邻居的琐事，他不是很感兴趣，思想开了小差，想起了单位上的一些事情。

母亲讲累了，他开始讲城里的一些趣闻，但他讲的一些在城里人看来很可笑的笑话，母亲听得云山雾罩，不知道他说的是什么意思。终于，母亲打起了盹，他有些无可奈何，而妻子在旁边坏笑，父亲照例在屋里抽烟。

在那一瞬间，百无聊赖的他突然很认同妻子的感觉，回老家其实真的没有什么意思。父母想吃什么，可以找人捎过来，或者直接给他们钱，想吃什么就买什么。他甚至想，父母可能并不欢迎他们来，对他们的到来，从来就没有表现出足够的热忱！

迟迟不开的家门、只会闷头抽烟的父亲、单口相声一样的乏味对话……母亲经常叮咛他：没什么事就不要回来，我和你爸都挺好的！有事我会给你打电话的。

想到这些，忍无可忍的他大声呼唤了一声母亲，被惊醒的母亲有些不好意思地笑了笑："人老了，不能总坐着，坐久了就会睡着了！"母亲抬头看了看太阳，张罗着给他和妻子做饭。她把父亲叫了出来，把葱、姜、蒜放在他跟前，然后自己去烧火做饭。

其实家中有液化气，是他在城里买了送来的。但母亲从来不习惯用它。母亲烧火、炒菜、蒸馒头，期间从不洗手，这在有些洁癖的妻子看来简直难以忍受。菜都是普通至极的庄户菜，新鲜的蔬菜都炖得特烂，盐也放得多，吃起来难以下咽。

吃罢饭，妻子就冲他使眼色，催促他回去。母亲也没有丝毫挽留的意思，照例叮嘱他：不要总想着回家，你们在城里好好工作，好好生活，妈就放心了！

于是，他真的记牢了母亲的话，不是中秋节、春节，他一般不会回家。偶尔也会打个电话，母亲一接电话就紧张，一紧张一着急，越是想听清楚他说的话，就越发听不清楚。他在电话这边大声喊，母亲在另一头一遍遍问：你说什么？终于，他像泄了气的皮球，挂断了电话。以往身在城里的他，常常把自己比作母亲放飞的风筝，而母亲放风筝的电话线被他自己掐断了！

平日里，只能顺从妻子，一到周末就往岳父母家跑，弄得他感觉自己像"倒插门"似的。

又是春节，携妻带子回农村老家。天冷得很，甚至不敢把冰凉的空气吸到肚子里。到了家门口，急急地敲门，他怕冻着年幼的孩子。院子里半天没有动静，他有些烦躁，甚至打算用脚踢门。真不知道父母是怎么想的，自己的儿子回来过春节，敲了半天的门，他们怎么坐得住？

隔着门缝望过去，他看到了坐在堂屋门口晒太阳的母亲，显然她已经听到了敲门声，知道自己的儿子回来了！

她急着想站起来。第一次，她猛地想起身，但没有站起，又坐了下来；第二次，她伸展开手臂，头使劲儿向前伸，费了好大的劲儿，仍旧没有站起来；第三次，她显然有些焦急，用两手撑着腿，费力地直身，板凳歪倒了，她一下子坐在了地上；有些绝望的她开始抬头用眼睛四处搜寻，她发现了门框，便用手抓着门框，斜着身子，一点点用力，终于站了起来。

看着一脸欣喜的母亲前来开门，他感到心里疼得厉害。

"妈，您的腰怎么了？"他努力控制不让自己哭出来。

"没事的，就是年纪大了，这几年，天一冷，腰就疼得厉害。坐久了啊，就站不起来。你爸啊，也越来越不中用，耳背，喊他开门，他也听不见！"

第一次他试着和母亲谈起自己的童年趣事，这一下子打开了母亲的话匣子，母亲讲小时候的他如何调皮，妻子在旁边笑吟吟的兴致勃勃地听。到了吃饭的时间，他让父母歇着，安排妻子择菜、洗菜，给自己打下手，他用液化气炒菜做饭。他的厨艺博得了全家人的一致好评。

回城的路上，他和妻子商量："我想在以后每个周末都来老家看看，因为父母都老了。"妻子半天没有吱声。他把从门缝里看到的场景，讲给妻子听。妻子揉了揉鼻子："半个月来一次吧！一周来这里一回，一周去我父母家一次。"他用手臂紧紧搂住了妻子。

其实，他心里还有一句话没有对妻子讲，之所以他想在以后频繁地回老家，是因为他很怕有一天，老家的双亲都无法站起来，而回家的门就再也没有人为他开启。

文/刘清山

换来的光明

一场意外让他失去了光明。

在医院的那段日子，他整天发呆，不说一句话。母亲坐在他的床边，对他说，别怕，一切都会好起来的。他不信。二十岁的他知道问题的严重性。他知道要想使自己重见光明，除非角膜移植。

他还知道中国因角膜伤病导致的失明者有 200 万，可是由于角膜缺乏，每年的角膜移植手术只有 1000 多例。这等于说，他的前面，有 199000 人在等着。他陷入一种深深的绝望之中。

他回了家，仍然每天发呆，不说一句话。母亲给他端来饭菜，却被他全部掀翻在地；母亲为他阅读报纸，听着听着他会伤心地哭起来。他喊：我完啦，我这辈子算完啦！母亲说，你怎能这么没有出息？中国有 500 多万盲人，哪一个不是活得很好？记住，只要心是明亮的，天空就是明亮的，你的世界就是明亮的。

他不听。他什么都听不进去。他不能面对黑暗的现实。他不敢面对以后的人生。

母亲看着他，悄悄地抹泪。

那天母亲小心翼翼地问他，过些日子，想给你做一个角膜移植手术，行不行？他说不可能的，在我前面，有199000人等着角膜。母亲说，我的意思是……我可以把自己的角膜，移植给你……就是不知道医院会不会答应。

他一下子愣住，以为自己听错了。他说，妈，你说什么？母亲说，我想把自己的角膜移植给你……我查过一些资料……排斥的可能性很小。

他说，妈您别说了，我不会答应的。母亲说，我都这把年纪了，什么没见过？而你的路，还很长……你比我更需要眼睛。他说，妈您再怎么说，我都不会答应。母亲说你就听妈一次。他说，不……如果您真这么做了，我就死给你看！

母亲深知他的脾气。她知道他不答应的事，谁都不能逼他。她不再跟他说角膜移植的事，只是天天给他读报纸。慢慢地，他的情绪稳定下来。他开始学习盲文，并大声念出来。也许母亲的话感动了他吧？他认为自己必须活下去，并且要好好地活下去。最起码，他想，他不应该让自己的母亲，继续惦记着移植她的角膜。

他很喜欢朗诵。上大学时，他是校广播站的播音员。母亲说，你可以去市广播电台试试。他说，可以吗？母亲说，为什么不可以……只要心是明亮的，天空就是明亮的，你的世界，就是明亮的。

　　再听到这句话时，感觉完全不一样了。虽然他仍然消沉，可是偶尔，当母亲说到什么有趣的事，他也会开心地哈哈大笑。他听了母亲的建议，真的在某一天，去市电台应聘。本来他只想应付一下母亲，可是出乎意料的是，他竟被破格录取为电台的兼职主持人，主持晚间的一档节目。

　　当他把这个消息告诉母亲时，母亲说，这很正常。其实你什么都可以做到，并且会做得很好。母亲的语气淡淡的，可是他能够觉察出母亲平淡的语气下难以抑制的快乐。

　　这是一档倾诉类节目。每天他坐在直播间，给电话那端的陌生人解除苦闷、出谋划策。他发现自己越来越喜欢这份工作，他想不到帮助别人原来这么快乐。虽然仍然看不见，可是每一天，他都过得很充实。他的节目越做越好，收听率直线上升。年底的时候，他正式成为电台的一名播音员。

　　更让他和母亲高兴的是，他有了自己的爱情。一位好女孩爱上了他，每天扶他上下楼，给他讲有趣的故事。那段时间，他认为自己迎来了崭新的生命。他有了自己喜欢的女孩和职业，他有一位好母亲和一个明亮的世界。所有的一切，都令他满足。

　　可是，让他想不到的是，某一天，母亲突然病倒了。

　　是癌症，晚期。

　　那段日子，母亲的胸口总是痛，一开始，她认为可能由于太过劳累，休息几天就过去了。可是那天正做着菜，她竟晕了过去。他和女孩将母亲送进医院。几天后，母亲平静地告诉他，半年后，自己将离开人世。母亲说，告诉你，是想让你坦然面对，是想让你在这半年内，学会好好照顾自己，以后，妈帮不了你了……

他哭了整整一天。他不相信坚强乐观的母亲会永远离他而去。他不想再去电台上班，他要在医院里时时陪着母亲。可是母亲说，去吧，让我在最后的日子里，多听听你的节目——依旧是淡淡的语气。他看不见，可是他能感觉到母亲企盼的目光。那目光，让他不能拒绝。

他仍然去电台做节目，仍然为陌生人排忧解难、出谋划策。他的节目仍然做得很好，语言舒缓平静。他知道自己必须如此，因为有母亲在听。他想，母亲会为他自豪的。在她生命最后的日子里，她有一个优秀的儿子。

那天刚做完节目，他接到一个电话。电话是医院打来的，让他赶快去一趟。他慌慌张张地去了医院，医生说，你的母亲已经去世了，在中午，突然……我们已经尽力了。不过根据她的嘱托，我们会把她的角膜移植给你。

他跪下，号啕大哭。为什么母亲走得这样突然？为什么母亲不能见他最后一面？不是还有半年时间吗？为什么母亲直到生命最后一刻，也没有忘记自己的角膜和他的眼睛？他哭了很久，晕倒在医院里。

醒来后，他感觉自己的眼睛上缠着厚厚的纱布。他知道，现在，母亲的角膜已经移植给了自己；他知道，几天后，当他真的能够再一次看见光明时，那其实，是母亲的眼睛，是母亲给了他一个明亮的世界。

几个月后，收拾母亲遗物的时候，他翻出了一张病历。病历是半年前的。他看到上面写着：恶性肿瘤。下面，有母亲亲手写的一行字。他不知道母亲为什么要藏起这张病历，可是那行字，刺得他的心淌出了血。

母亲在上面写着：感谢老天，我的儿子，将在半年后重见光明。

他再一次号啕大哭。当母亲得知自己将要离开这个世界时，她首先想到的，不是自己，而是她的儿子！她当然也会为自己伤心，可是，当她想到自己的离去可以为儿子换来光明时，那时的她，竟有了欣慰和快乐！

那是用任何语言都无法表达的母爱啊！那是用任何行动都无法报答的母爱啊！

那天晚上，在节目中，他给听众讲述了自己的故事。那天，收音机旁，很多人泣不成声。

据说第二天，很多人来到了医院，向医生咨询捐赠角膜的相关手续。他们说，当自己的生命从这个世界上消失时，为什么不给那些生活在黑暗中的人们，给这个世界，留下一线光明呢？

至今他还在电台工作，还在主持晚间那一档节目。下班时天已很晚，可是每当他一抬头，都能看见一片明亮的天空。

文/海亮

一瓶矿泉水

从地震的那一刹那，他就想往外跑。可是，他刚跑了几步，就被巨大的撼动力摔倒在地，接着，学校宿舍轰然倒塌，他昏迷了。

等他清醒过来，发觉自己被压在废墟中，仿佛背负了一座大山。

他伏在地上，想往前爬去，却伸手摸到了一个人的腿——难道是辉？

辉是他的同学，一个勤快的男孩子，他们在一间寝室里住了两年了。和辉不同，他很懒，早上起床，甚至连被子都不叠，宿舍的卫生也从来不管。晚上，辉在教室里一直学到熄灯，然后再回宿舍，他便常常恶作剧地吓唬辉。辉的胆子不大，有一次，他画了张鬼脸，当辉开门进来时，他突然戴着这个面具出现在辉面前。辉"啊"地一声大叫，从楼梯上滚了下去。那次，辉的头摔破了，缝了七针。也是从那天起，辉不再跟他说话。他们之间仿佛有道厚厚的墙隔着，虽然还在一间宿舍里，却形同陌路。

"是辉吗？"他问。

"是我。"辉的声音已经沙哑，显然，在他昏迷的这段时间，辉一直在呼救。

"你快爬出去。"他说——辉的身子挡在前面，他爬不出。

"爬不动，我的腿被压住了。"辉说。

"怎么会这样？"他大叫着，甚至狠狠地掐辉的大腿。

辉一动也没动，甚至连吭也没吭。

他叹了一声，绝望了。

"等吧。"辉说，会有人来救我们的。

"可是……我们这里是个偏僻的乡镇，搜救人员能赶到吗？如果几天没人来，我们会不会饿死？"

"那没办法。"辉也叹一声，不说话了。

他用拳头砸了一下地面，只好忍受着。

这一忍就是三天三夜。

他有种虚脱感，推了推辉："你怎么不说话？"

辉说："别说了，少说一句话，就能多保留一分体力。"

"可是……我觉得我快不行了，我渴，渴得要命。"

"给，水。"

辉递过来一瓶矿泉水。他一阵狂喜，抓过来，"咕咚咕咚"地喝着。

"别喝这么多，留一些，也许我们还要坚持几天。"

他赶紧停下来，发现瓶子中的水，只剩下少半了。

"再给我一瓶。"他说。

"没有了，一人只有一瓶。"

"唉。"他闭上眼睛，只好等待搜救人员的到来，实在渴了，他就喝一口水，然后尽量使自己放松，不去胡思乱想。

废墟下死一般静，他有些害怕，推推辉，开始，辉还"嗯"一声，后来，辉似乎没有反应了。

他使劲儿地晃动着辉，叫道："辉，你要坚持，出去后我们做好朋友。"

突然，他听到外面传来动静，有手电光束照进来，接着有人喊，这里有人。

他喜极而泣，大叫道："我在里面。"

外面的人喊："我们看到了，你要保持体力，我们会把你救出来的！"

废墟终于扒开了，他得救了。

躺在担架上，他问搜救人员："现在是什么时候？"

搜救人员说："奇迹，真是奇迹，你竟然在废墟下埋了整整130个小时。"

担架在移动，为了避免阳光的刺激，有人在他的脸上蒙了一块布，他看不到外面的情况。

"压在我前面的同学怎么样了？"他问。

搜救人员说："他已经去世了。"

听说辉走了，他的心里很不是滋味，虽然这两年，他和辉一直吵吵闹闹，但是，毕竟在废墟下，他们同舟共济过。他说过的，要和辉做好朋友，永远不打架的那种，但是，没有机会了。他轻轻一叹，觉得自己的眼角一湿。他知道，自己哭了。为辉，为了一份还没有建立起来的友谊。

他被抬上救护车，迅速送往医院。经过医生的检查和医治，他很快就恢复了体力。

坐在病床上，他接受了很多记者的采访，记者们问得最多的问题是："是什么力量，让你在废墟下支撑了130个小时？"

他说："水，是那瓶矿泉水。"

记者对他的答案显然不满意，接着问："那么，和你一起被埋的同学为什么没有活下来？"

"是啊，为什么？"他也在问着自己。

是水，真的是水。他一遍遍地重复着。

"难道你没有把自己的水给同学喝？"一名记者问。

"不，不是的，水是辉给我的，我们一人一瓶。"

记者摇摇头说："现场只有一个矿泉水瓶子。"

他的心蓦地一震，那感觉甚至比地震时还要强烈。

文/刘东伟

三十六封信

　　他是山里唯一的邮递员。那条通往城市的小路，他一走便是整整二十年。二十年的风霜雨雪、坎坷苦难，都不曾让他停下回到山的脚步。

　　他是第一个走出大山的孩子。山外的世界，让人望而却步，但又心生向往。每次回来，他都要和山里的孩子们说上一段动人的故事。他说，城市的楼房有云层那么高，那些人整天没事儿就在高楼顶上看云彩。城市的车流和松树上的蚂蚁一样，密密麻麻地躺了一地，在雨夜里一打开灯光，顿时整个城市就会从黑夜转为白昼。

　　其实，这些景状他都不曾见过。没人知道，他取信件的地址其实根本不在城市，仅仅只是附近的一个小镇。小镇上别说高楼和车水马龙，就连那些轰鸣的列车，都不曾有一刻在这里停下匆匆的脚步。

他读过两年书，再虚幻的事物经他口里说出来，总是那么活灵活现。孩子们听得痴了，都不去弹玻璃球，不去爬山了，托着腮帮，直愣愣地看着他唾沫横飞地说话。

每次都是同一个声音打断了他的谈话："是送信的小王来了吗？快进屋来跟我念念。"这句话一出，孩子们顿时就会像泄了气的皮球一样。他们似乎知道，这句话就和评书先生的那句"预知后事如何，且听下回分解"一样，意在宣布故事即将结束。

他一面扛起背包，一面亮着嗓门应着："大娘别急，我就来了，有你的信件哪！"

屋里，是一位双眼失明的老太太。明晃晃的太阳照在她的身上，但她却丝毫感受不到光明。她摸索着要给他拿条凳子，却总是被他制止住。他说："大娘，别了，给你念信还是得庄重一些好，咱得学学城里的先生。"这话一说完，大娘就笑了："不瞒你说，我儿子就在城里教书呢！"

她的孩子真在城里教书。不过，那是千里之外的大城市，不是他口中所说的小镇。他见过她的孩子，斯斯文文，戴个眼镜，说话轻言慢语，很是礼貌。只是，这些都是三年前的记忆了。细细算来，她的孩子已有整整三年不曾踏入山里。

她念子心切，无奈双目失明，不能爬上那漫漫的山路，不然，她一定会挺直了脊梁，顺着大路去看看她的孩子。她总是静静地坐在门前晒太阳，听着门外的声音。只要是他来了，她总是第一个能听出来。

幸好她的孩子不曾将她忘记，总是每月按时给她寄来一封家书，还有一张崭新的百元大钞。她小心翼翼地摸索着撕开信件，将里面的百元大钞捏取出来，塞到衣服内里的布袋里，才急切地将信件递给他。

他像个懂事的孩子一样，毕恭毕敬地接过信件，逐字逐句地念过去。她的孩子真是忙啊，每次写的内容和问候都是一样。不过，这些已经足够。从她战栗的身体就能看出，她正被深深地感动着。

三年就这么悄然而去了。三年后，老人撒手人寰。有人说，她临死前还安静地坐在那张木凳上，懒懒地晒着太阳，似乎是在等待着什么。村里决定找寻她的孩子，将这个不幸的消息传达给他，让他来看看老人的遗体，磕几个响头。

村里的人把整个世界都找遍了，硬是找不到她孩子的踪影。最后，千辛万苦所得到的，竟是几年前，她的孩子已在车祸中丧生的消息。村里顿时掀起了轩然大波。她的后事如何处理？

他们终于想到了那些信件。无可非议，那一定是她孩子的配偶所写的，他们有必要按照这个地址将她火速寻来。

他接到消息后，含着热泪，风尘仆仆地赶了回来，一语不发地站在旧日念信的位置，愣愣地看着那把陈旧的椅子。

村里人问他来信的地址，他不说，问他在什么地方取的信件，他也照旧不说。没办法，为了节省时间，村里人只好把老人的柜子给撬开了。暗沉沉的柜子底，平平整整地躺着三十六封没有地址的信件，还有三十六张崭新的百元大钞。

村里人疑惑了，没有邮寄地址，没有收件人地址，他是怎么送过来的呢？最后，他们不得不打开信件，追寻最后的线索。

散落一地的信封里，人们取出的是三十六张一模一样的白纸。

文/杨宝妹

只是一碗馄饨的温度

于他，我只是一个路人，吃过几次他的油条，说过一些不相干的话，有过手指的碰触，而那，也是因为付钱的需要。于我，他则是心灵上，再也难以消除的印痕。

那段时间，因为一个暗恋了许久的人，我向公司请了假，千里迢迢地飞往北京，试图用这样的方式打动那人的心，让他知道我所有的死缠烂打，只是因为深爱。第一次抵达北京，就住在他摊位旁边的一个公寓里。

每天清晨，我起床洗漱完后，会到路边的小摊上吃些早点。他总是第一个到达，最后一个离去。我从来没有见他抬头看过路边的风景，也没有见他像别的摊主一样，互换着尝尝彼此的早点。

他的脸，永远都是烟熏火燎的颜色，像是一块黯淡的抹布，在角落里随意地丢着，除非是有用，没有人会想起它。他的手，也永远在做着揉切翻夹的动作。只有顾客吃完后自动将钱放入旁边的纸箱里时，他才会抬头，谦卑地笑笑，而后点头，说声"慢走"。

他的油条，色泽鲜亮，入口生津，是这一带出了名的。许多人，吃了一次，会早起绕了弯再来。

周围的商贩都有帮手，要么是妻子，要么是孩子，或者老人，唯独他，始终是一个人，骑了三轮车，寂寞地来去。

只有一次，我看见一个十几岁的小女孩，悄无声息地走过来，站在他的旁边。他的脸上，即刻有了少见的色彩，像是一株草，突然遇到了温暖的阳光。他欣喜地拿了一条凳子，让女孩坐下，又问她想吃什么。女孩懒懒地抬一下眼皮，说，随便。他的眼睛，飞快地扫视一下周围的早点摊，而后迅速地锁定在相邻摊位热气腾腾的馄饨上。

他要了一碗分量很足的馄饨，给女孩端过来，又憨厚地笑笑，说，馅多皮薄，很好吃呢！女孩并没有多少反应，埋头吃了半碗，便将筷子一丢，转身要走。他急急地将女孩叫住，说，上补习班的钱，一块拿着吧，我今天忙，没有时间给你送去了。女孩这才住了脚，接过他手里一沓浸满油渍的零钱，又不耐烦地咕哝了一句什么，便走开了。

那半碗凉掉的馄饨，他抬头看了许多次，眼睛里，带着鲜明的渴盼，直到旁边的摊主，淡漠地走过来，将碗收起，他才失落地重新将视线转移到忙碌的活计中去。

　　我暗恋的人，始终对我的热情提不起兴趣。不管我怎样努力，那人的心，就像是一块冷硬的坚冰，碰过去碎的，是我自己。一个星期的假期很快过去，走的那天，我拖了行李，去他的摊上吃最后一次早点。

　　已经是九点，只有一两个顾客，在埋头匆匆吃着早餐。他坐在摊位后面，在春天的风沙里，右手拿着一个馒头，左手捏一块咸菜，低头吃着。筐里的油条还是热的，但他，却像是没有丝毫的兴趣，看也不看一眼。那顿早餐，因为城管来赶，吃得很是匆忙。走的时候，他一个劲儿地朝我道歉，说"下次再来"。我笑，想，不知道，还会不会再有下次。

　　一个月后，我出差去京，想起那个始终不忍放弃的人，便私自多停留了一天，想着不管怎样惹那人厌弃，都要再去见上一面，或许这次，爱情会同情于我？

　　照例是住在离那人的公司很近的公寓里。但早晨出门，却没有发现卖油条的摊子。我失落地买了一碗馄饨，边吃边等，希望能看到他骑着三轮车的瘦削的身影。但直到付钱要走时，也没有将他等到。

　　忍不住好奇，问卖馄饨的女人，他去了哪里？女人只淡淡给我一句：死了，车祸。

　　我吃惊，问，什么时候？女人数零钱的手，慢慢地停住，叹口气说，半个月前的一个早晨，在我这里吃了一碗馄饨，骑车回家的时候，被迎面而来的卡车撞出去十几米远。一年多了，他都没舍得在我这里吃一碗馄饨，那天不知怎么的，终于肯花钱要了一碗，也算是老天怜悯，让他走前能圆一个愿望。可怜他的女儿，母亲早逝，现在，供她读书的父亲也没有了……

　　我站在风沙肆虐的北京街头，许久都没有动，直到最后，眼睛被沙子迷住，我拼命地揉啊揉，眼泪终于哗哗流下来。

　　突然间明白，什么才是这个世间最珍贵的，与其费力地追寻，不如守住身边所有。哪怕，只是一碗馄饨的温度。

文/吉安

一直握住的那只手

星期天，两男两女出去逛街。他们不仅是两对夫妻，还是多年的好朋友。他们到了服装城，两个女人很快走到一起，一家一家服装店试着衣服，两个男人则慢吞吞地跟在后面，闲聊着天。终于，两个女人在一家服装店里找到了满意的衣服，她们笑着招手让各自的老公过来。

这时地面突然颤动起来，脚底下似乎翻滚着一只巨大可怕的怪兽。屋顶在刹那间塌下，天地间一片黑暗。身边的女伴发出一声惊呼，再也没有了动静。几秒钟以后女人意识到，他们遇到了地震。

女人喊着男人的名字，喊着女伴的名字，可是没有人回答她。难道他们已经死去了吗？女人感觉到一种让她窒息的恐惧。

女人受了重伤。她的身体被一块巨大的水泥板压在下面，呼吸困难。她试图推开那块水泥板，可是她使出浑身的力气，水泥板还是纹丝不动。这时她的眼睛勉强可以看到一些影影绰绰的轮廓，她发现女伴伏在距她很近的地方，似乎已经昏迷，或者死去。

女人喊她的名字，却听不到任何回答。女人休息一会儿，然后努力转动脖子。她发现在她的左侧，多出一堵墙。当然那不是墙，那是掉下来的天花板，它把两个男人和两个女人近在咫尺地分开。女人腰部以下疼痛难忍，恐惧中，她开始了低低的呻吟和哭泣。

突然，她惊喜地听到墙那边传来了声音，是男人的声音。他正在焦急地呼唤着她的名字。然后，几秒钟以后，另一位男人也轻轻地叫起了女伴的名字。显然他们都还活着！虽然他们可能也受了重伤，但是，起码他们现在还活着！女人高声喊我在我在我在……她听到男人在那边轻轻地咳嗽，似乎他的伤远比自己严重。然后，另一位男人大声问她，她还好吗？

显然，那位男人指的是她的女伴——他的妻子。

可是女人看不到她的样子，更听不到她的声息。女人想摸摸她的手，然而她的身体不能够挪动哪怕一点点。她把手伸出去，仍然碰触不到女伴的身体。突然她有一种感觉，她确认女伴已经死去。

墙那边的他仍然焦急地问着女人，她还好吗？她还好吗？女人想了想，说，她还好……不过她受了伤，似乎很严重……她不能动，也说不了话，不过她还活着，我想她不会有事。

那边的两个男人，都不说话了。他们沉默了一会儿，然后，女人听到自己的男人艰难地说，大家都不用怕，我们很快就会得救……不过，在救援人员赶来以前，我们可能会度过一段最难挨的时间。所以，如果可以的话，我们试试把手握到一起。墙上有一条狭窄的缝隙，女人努力抻长身体，将她的手伸了过去。

她的手马上被一只温热的大手轻轻地握住，那手似乎受了很严重的伤，还在流着血。那边的男人再一次说话，他说现在，你可以握住她的手，就像现在我握住你的手一样。女人回答说，好的，现在我握住她的手了。

男人说很好。现在，他握了我的手，我握了你的手，你握了她的手，只要我们四个人把手握到一起，我想就不会有事……为节省体力，从现在开始，我们不要再说话，直到有人发现我们……不过记住，每隔一段时间，我们的手就要动一下，以证明我们都还活着。

女人和女伴的丈夫一起说，好。只有女人的女伴没有说话——现在女人更是确信，她的女伴已经死去。

他们真的没有再说一句话。只是每隔一段时间，其中一只手就会轻轻地动一下，然后另一只手就会轻轻地回应。相握的手成了生的讯号和链条，他们在黑暗中、在静默中互相鼓励。

他们挺过了漫长的三天。三天后，救援人员发现了他们。那时候，女人已经奄奄一息。

四个人，只被救活了两个——女人和女伴的丈夫。她的丈夫和她和女伴，都在那场灾难中死去。

多年后女人将实情告诉了女伴的丈夫。她说，当时我真的没有办法，我不能动，我没有办法帮她。其实当你问她是不是还好的时候，她可能就已经死去了……我没有握住她的手，我骗了你……

他说，我知道……我猜出来了。尽管我希望奇迹发生，希望她会被救活，可是随着时间的延长，我知道这种可能性已经微乎其微。我一直用一只手捂住自己的嘴，不停地哭泣。那时你的男人躺在我身边，他抓了我的手，示意我和你的手紧握到一起。然后他就死去了……他本来就伤得很重……所以，一直握住你的，其实是我的手……我必须让你挺过来，我不能辜负我的朋友……

女人说我也知道……我也猜出来了。和你一样，我也一直在无声地哭泣。我和他那么恩爱,是不是他的手,我能够感觉出来……可是那时候,我只能,咬着牙不说出来……是的,我们必须挺过来,我,还有你……

文/鲁亮

这些偏心人

很小的时候，我就知道，天下的妈妈都是自私的。

我妈一辈子喜欢赌，当然，是赌些小钱。我长到十几岁之后，像只耀武扬威的小公鸡，开始管事了，其实，就是管我妈赌钱。

"三缺一啊！"大妈在门口招手。

我就在家里放脸子，说话好大声。到黄昏，估计牌局要散了，赶紧跑去数我妈手边的扑克和蚕豆，那是筹码。一旦发现比别人的少，就回家到爸爸面前报告，大肆渲染，妈妈又输啦！我爸就会阴沉着脸，于是我也配合我爸的表情，阴沉着脸。

我妈腹背受敌，依然屡教不改。大妈那里是永远三缺一，所以，她永远要补进去，成全人家。

我想，只能寄希望于我外婆了。所以外婆每次来我家，我就数落我妈十大罪状给外婆听，拉她出面惩治我妈。

我外婆叹息说："唉，你妈怎么好赌呢？她先前不是这样的！"

我以为外婆接下来会张弓搭箭，跟我合谋好治我妈的锦囊妙计，结果，外婆嘴巴三绕两绕的，绕到我头上来了。

"阿晴啊，"外婆叫着我的小名说，"听你妈说，你不怎么听话，还经常跟你妈吵嘴。你不能啊，女儿应该听妈的话。"

没想到我妈先下手了！要不然，怎么我的状还没告，外婆倒先数落起我的不是了？

我跟外婆说："我是听话的，我好好读书，每学期都拿奖状。是她天天赌，还不让我爸管。她怎么不听你话呢？"

我外婆就又温柔地叹息，好像我们深恶痛绝的赌钱行为在她眼里，根本不成为缺点。

外婆说："你妈啊，老大，从小被宠，所以脾气犟，你要让让她……"

太不公平了！您老怎么不叫您女儿让我？我也是老大呢！

我自此知道，我外婆永远是偏向着我妈，连我这外孙女，都不可冒犯她女儿。

我自此再不向外婆报告我妈的罪状。天下的妈妈都是自私的，最爱的人，永远是一代产品。后面升级的二代产品，只当玩具一般喜欢，一旦涉及原则问题，她们还是退后抱紧她们自己制造的一代产品。

后来，我长大了，我原谅了这些做妈妈的偏心人。

从北京回来，我给我妈买了双绣花的老北京布鞋，嘱她秋天就穿上，别留着。第二年春天，去看外婆，结果看见那双绣花鞋穿在了外婆的脚上。外婆一派心安理得的样子，毫无霸占我妈鞋子的不安。

回来后，我问我妈："你怎么把鞋子给外婆了？是我送给你的啊！我觉得鞋子太花，外婆不敢穿，所以没给外婆买。"

我妈说："她穿呗，她喜欢得很。"

我妈比我更懂外婆。当然了，她是她女儿。

一双绣花鞋，我送给我妈，我妈送给她妈。

至于其他吃的用的，芝麻糊啦，蜂蜜啦，围巾啦，毛衣啦，我送我妈妈的，结果都是转移到我外婆那里。除非保证每件都是双份，并且是同时送出。

我看着我买的那些东西，最后都是外婆笑纳，常常一瞬间恍惚：这一对母女，到底谁是我妈？

每去外婆家，临走会塞一点儿钱给她。人老了就像小孩，特别喜欢钱，也喜欢别人给她钱。

慢慢地，外婆就攒了一些钱，留下零头去超市买零食，整的就悄悄给我妈，让我妈帮她存起来。四个舅舅，谁会占她那一点儿零花钱呢！可是，她就信任女儿。

我妈揣了外婆的私房钱，到我家，又偷偷塞给我。然后，从自己的另一个口袋里再拨出来一些票子，搭在外婆的钱上，凑个大数字，托我给她们母女存起来。

真有趣，好像绕口令一样，这人世间的一对对母女。

2013 年夏，外婆昏迷了一个星期之后，终于走了。我妈伏在棺边哭，我看着我妈哭，泪水也下来了。外婆很老了，可以走了，我只是舍不得我妈哭。

我的妈妈，在 2013 年夏，失去了大靠山，失去了永远维护她的人，失去了她唯一的妈妈。

还好，我的妈妈还在。

我以后不欺负她了。

许多随行的人都哭了。他们都清楚地知道，那声声哭泣，就是所有的依赖母亲的声音。

文/一庭红扑簌

你才是我真正的朋友

　　西班牙著名画家毕加索是一位真正的天才画家。据统计，他一生共画了三万七千多幅画，是当代西方最有创造性和影响的艺术家，他和他的画在世界艺术史上占据了不朽的地位。

　　对于作品，毕加索说，我的每一幅画中都装有我的血，这就是我画的含义。

　　全世界前十名最高拍卖价的画作里面，毕加索的作品就占据四幅。在当时，毕加索的画能卖出很高的价格。他的身边总是有许多人，渴望从他那里得一两张画，哪怕是得到他顺手涂鸦的一张画，也能卖个天价，够自己一辈子吃喝不愁了。

　　一次，毕加索在一张邮票上顺手画了几笔，然后丢进废纸篓里。这张邮票后来被一个拾荒的老妇捡到，她将这张邮票卖掉后，买了一幢别墅，从此过上了幸福的生活。从中可以看出，毕加索的画，每一笔泼洒的都是金子啊。

晚年的毕加索，生活非常孤独。尽管他的身边不乏亲朋好友，但是，他很清楚，那些人都是冲着他的画。为了那些画，亲人们争吵不断，甚至大打出手。毕加索感到很苦恼，他想找个说话的人也没有。尽管他很有钱，但是，钱不能买来亲情和友情。

考虑到自己已年逾九十，随时都有可能离开人世，为了保护自己的画作，毕加索请来了一个安装工，给自己的门窗安装防盗网。就这样，安装工盖内克出现在毕加索的生活中。

盖内克每天在工作休息的时候，就会陪毕加索说会儿话。盖内克憨厚、坦率，他没有多少文化，看不懂毕加索画的那些画，那些画在盖内克眼里简直一文不值，他看得懂的只有手中的螺丝刀和扳手。但是，他很愿意陪毕加索说话，他觉得老人很慈祥温厚，就像是自己的祖父。

没想到，没有多少文化的盖内克，在毕加索眼里，却是智慧的化身。他常常将眼睛瞪得大大的看着盖内克。盖内克给了他一种豁然开朗的美好。阳光从窗外泼洒进来，照在盖内克的身上，像披上了一层金色的羽毛。

毕加索看着眼前的盖内克，就像是一尊雕塑。他情不自禁地拿起画笔，为盖内克画了一幅肖像。画好后，他把画递给盖内克说："朋友，我为你画了一幅画，把它收藏好，也许将来你会用得着。"

　　盖内克接过画看了看，一点儿也看不懂，就又递给毕加索，说道："这画我不想要，您要送，就将您家厨房里那把大扳手送给我吧，我觉得那扳手对我来说更重要。"

　　毕加索觉得不可思议地说："朋友，这幅画不知能换回多少把你需要的那种扳手呢！"盖内克将信将疑地收起那幅画，可心里还想着毕加索厨房里的那把大扳手。

　　盖内克的到来，一扫往日淤积在毕加索内心的苦闷，他找到了倾诉的对象。在盖内克面前，毕加索彻底地放下了包袱，丢掉了那层包裹在身上的虚伪面纱，像个孩子一样与盖内克天南海北地交谈，说到高兴之时，还手舞足蹈起来。为了能与盖内克多交谈几次，毕加索将工期一再推迟，仿佛只要能与盖内克在一起说说笑笑，就是自己最大的快乐。

　　其间，毕加索又陆续地送给盖内克许多画，有的画即使自己视为珍宝，也送给了盖内克。他对盖内克说："虽然你不懂画，但是你是最应该得到这些画的人，拿去吧，我的朋友，希望今后能改变你的生活。"

　　就这样，盖内克在毕加索家安防盗门窗，一个小小的工程，前前后后竟干了快两年。更多的时间，他陪着毕加索交谈。不曾想，交谈使九十岁高龄的毕加索变得精神起来，气色也好多了。那些日子，竟成为毕加索创作的又一个高峰期。

　　分别的日子终于到了，盖内克离开了毕加索，他又四处寻活儿去了。

1973年4月8日，九十三岁的毕加索无疾而终。毕加索逝世后，他的画作价格更是扶摇直上，成为世界上最昂贵的画作之一。

还在四处觅活儿、日子过得非常艰难的安装工盖内克得知毕加索逝世的消息后，悲痛万分。他忽然想起毕加索曾经赠送给他的那些画，于是，急匆匆地赶回了家。他爬上小阁楼，翻出一个旧皮箱。他打开这只小皮箱，把里面的画拿出来，一张一张地清点下去，发现这些画共有二百七十一张。

盖内克知道，只要拿出这里面的任意一张画，就可以彻底改变他目前的生活。看着这一张张画，毕加索的音容笑貌仿佛又在眼前浮现。"你才是我真正的朋友！"毕加索这句话，在他耳旁一遍遍地响起。他的眼睛不知不觉湿润了。他将这些画又仔细地放到皮箱里，放在阁楼里藏好。

他没有对任何人说起过这些画，包括自己的家人。他拿起工具，像平常一样外出觅活儿去了——绝对不会有人想到，这个毫不起眼的安装工竟是一个超级大富翁。

2010年12月，一个石破天惊的新闻震惊法国：年逾古稀的安装工盖内克将毕加索赠送给他二百七十一幅画，全部捐给了法国文物部门。经鉴定，这些画作全部是毕加索的真迹，价值达数亿欧元。

　　人们感到困惑不解，拥有一张毕加索真迹，是多少人梦寐以求的事，老人拥有这么多毕加索的画，却坐拥金山不享受。为什么要全部捐出来呢？如果留给子女，子女们会几辈子吃喝不愁了。

　　盖内克在回答记者提问时，说道："毕加索曾对我说过，你才是我真正的朋友。是朋友，我不能占有，我只能保管。现在，我把这些画捐出来，就是为了得到更好的保管。"

　　老人盖内克的目光中闪烁着一种动人心魄的淡定平和，这种淡定平和，给人一种无畏和力量，它能抵御尘世间的一切风浪和险阻，活出一个真实的人生。

文/学学

All over the world, you're the apple of my eye.

世界这么大，我只喜欢你．

Part 5

给所有的失去一个
美好的结局

生活不是童话，
不是每一个开始都有美好的结局。
我只期待有一天，
那些失去能够苏醒，给我留下一个温暖的回忆。

一袋买了六十年的盐

吉安从未见过祖父，他脑海里对祖父的印象，都来自祖母琐碎的回忆。

解放前的一个傍晚，劳作了一天的祖父，披着渐沉的暮色回到家。怀有身孕的祖母正在灶间做饭，摇着粗瓷盐罐说没盐了。祖父瞥一眼锅里清亮的菜汤，轻叹一声：我这就去买。祖父推门而出，祖母追到门口，见他的身影已融进夜色里。谁知祖父这一去，再也没有回来。

那夜，祖父和村里的几十名青壮年被抓了壮丁。又过了一年，听逃回来的村民说，祖父所在的部队撤退到台湾，一湾浅浅的海峡，成为阻断亲情的天堑。自此，思念穿越半个多世纪的月光，化作祖母心头的一颗朱砂痣。

祖母带着年幼的父亲，生活的艰难可想而知。她总是在想，那天晚上，如果祖父不出去买盐，或许能躲过一场劫难，这个念头撕扯着祖母的心，让她痛悔不已。

随后的几十年，只要听说七里八乡有人从外地回来，祖母总要拉着父亲前去探询祖父的情况。盼了一年又一年，满心期待却又无限失望。

后来，父亲娶妻生子，再后来就有了吉安和弟弟。祖母对吉安最为宠爱，她说吉安眉眼间有祖父的英气。因而，自吉安懂事起，祖母就坐在旧式的藤椅上，给吉安讲那些陈年往事，故事的主角永远只是祖父。

家人围坐在一起吃饭，祖父的位置是空的，桌上摆一副碗筷。偶尔，一阵风推开门，祖母慌忙朝外望，仿佛祖父刚刚外出，随时可能回家。

到了上世纪 80 年代末，吉安从报纸上看到台湾老兵回大陆探亲的消息，叫喊着飞奔回家报信。冻结多年的冰层，顷刻间化为一溪春水，滋润着祖母干涸的心田，她的脸上露出难得的笑容。此后不久，邻村有位老兵返乡，吉安的父亲找到他，递上一封长信，请他帮忙打听祖父的下落。

又等了十年，春暖花开，燕子回时，终于盼到海峡彼岸的来信。吉安打开信，念给祖母听，原来，老兵通过当地的同乡会，辗转找到失散多年的祖父。流落在异乡的祖父，这些年来一直孤身一人，而且疾病缠身，晚景甚为凄凉。信里还说，祖父身体状况很差，因而返乡一事，只能待以后再说。

信还没念完，祖母已泣不成声，一面用拐杖捣地，一面絮絮地说，他一个人，这些年，怎么活？吉安偎在祖母身边，握着她那满是褶皱的手，心里有说不出的酸楚。

花开花落，花落花开，几度春秋，这一等又是五年。祖母老了，她坐在夕阳下，一声声念着祖父的名字。吉安的父亲下定决心，变卖家里的物什凑足路费，办理赴台探亲的手续。他对祖母说要把祖父接回家，过上一个团圆年。父亲用柔软的红绸布，包一捧故乡的土，放进随身的背包里，踏上了漫漫寻亲路。

在那位老兵的帮助下，费尽周折，见到了从未谋面的祖父。八十多岁高龄的祖父已是白发苍苍，被疾病折磨得面容消瘦。祖父佝下腰，缓缓地打开红绸布，用手指捏起一小撮故乡的泥土，放进嘴里。父亲扑通一声跪倒在地，唤一声爹爹，随即哽咽落泪。

父亲着手办理返乡的手续，没想到，就在这时，祖父的病情急剧恶化，住进了医院。祖父自知来日不多，对父亲说他失了"盐"，让祖母空等一生，他走后，要魂归故里，与祖母相聚。

半个月后，祖父怀着无尽的思恋与遗憾，离开了尘世。料理完后事，父亲带着祖父的骨灰返回家乡。

那天清晨，接到父亲的电话后，吉安和弟弟就出门扫雪。雪纷纷扬扬地下着，天地间一片白茫茫，村民们听说祖父要回来，都加入了扫雪的队伍。凛冽的寒风刮在脸上生疼，他们手冻僵了，脚冻麻了，但没有人肯停下来歇上一会儿。

雪不停地下，整整扫了一天的雪。天渐渐黑了，村口有人在喊来了来了。这时，一辆车缓缓地驶过来，村民们站在两旁，让出一条路来。父亲下了车，抱着藏青色的骨灰坛，还有一袋买了六十年的盐，一步一步朝家的方向走去。

在路的另一头，祖母穿着绛色的棉袄，盘着高高的发髻，倚门而望，恍惚又回到多年前的那个夜晚。祖母喃喃地念道：回家了，回家了……泪水顺着脸庞淌了下来，她抬起手背去擦，却怎么也擦不及。

文/叶欣

爬山虎

儿子让他去城里住几天。

儿子大学毕业之后，在城里找了工作，谈了女朋友，结了婚，现在，总算也买了属于自己的房子——这都是儿子自己努力的结果，他这个当爹的，基本上没帮上什么忙，除了当年供他上学之外。

听说这几年城里的房子贼贵，一个卫生间，就远远超过他家四间大瓦房的钱，换句话说，即使他和老伴将乡下的老宅卖了，连给儿子买个茅坑都不够。

城里他也是待过的，那还是十多年前的事了。那时候，儿子刚考上大学，这可是整个村庄的骄傲。可是，高昂的学费，让他犯了难，靠土疙瘩里抠点儿钱，根本负担不起。

不得已，他也进城了，加入了农民工大军。他没文化，又没技术，只能找最脏最苦最累的活儿——他扫过马路，帮人家看过仓库，做过扛包的苦力，在毒日头下挖过一个个坑，汗流浃背地踩过三轮车……最后，一个做包工头的老乡，将他领了过去，在老乡的施工队里做小工。

老乡的施工队，盖了一幢又一幢楼房，眼看着一片片光秃秃的土地上，竖起一幢幢漂亮的房子，他眼睛都看直了：城里的房子可真漂亮啊！工友们见他看傻了的样子，跟他逗乐取笑，你也给儿子先买一套吧，这样，儿子将来毕业了留在城里，就算有个根了。

他嘿嘿干笑几声——就他那点儿工钱，勉强供儿子上学用，年底了，连回家的路费，往往都得跟工友借，在城里买房子？下辈子吧！

还是儿子有出息，工作才五六年，就在城里买了房子，虽说房子很小，又破旧，是十几年前的老房子，听说还向银行贷了一大笔款，但到底在城里有了自己的窝，而且，人家银行肯将钱借给你，凭什么？说明你可信，有能耐，能还得起。他想，儿子在城里，这就算真正站住脚了。

不像自己，虽然也在城里流血流汗打拼了三五年，可是连个小小的印迹都没有。谁知道你也在这个城里生活了几年呢？施工队盖过那么多房子，但他不是瓦工，没砌过一块砖；不是木工，没刨过一根木；不是电工，没拉过一根电线……

他只是个小工，搬来运去，扛东递西，几乎每一颗黄沙、每一粒水泥、每一块板材上，都留下过他的汗水，但仅凭这一点，就认为楼房是自己盖的，他可不好意思说。儿子大学毕业后，他就拖着疲惫的身子回到了乡下，他太累了，身子骨已经不行了，而且，他也实在放不下地里的庄稼、圈里的牲口，还有厨房里的老伴。

又要进城了，这让他有点儿激动。他不知道，好多年过去了，城里变成什么样儿了？十几年前，新盖的楼房、高大的脚手架、睡过的低矮的工棚、黑乎乎的饭盒子……一一排着队从他面前闪过。忽然，有一抹浅浅的绿色，一闪而过。那么绿，那么翠，那么嫩。

他想啊想啊，终于想起来了。对了，就是它，爬山虎。

那天，在杂乱的工地上，他发现了一株爬山虎的幼苗，从一堆建筑材料中探出了几片嫩芽。他认得它，乡下到处都能见到它的影子，如果是在庄稼地里见到，他会毫不犹豫地将它连根拔起，扔掉。

可是，现在是在城里，在到处是砖头水泥和钢筋的建筑工地上，这一抹绿，显得那么无辜，那么脆弱，也那么好看。

他弯下腰，小心翼翼地将它连同边上的泥土，一起挖了起来。然后，他找到一处刚竣工的楼房墙角，将碎砖碎瓦扒开，种了下去，并从工棚后面，为它弄来了几捧泥土，覆盖在它的周围。

种下爬山虎后不久，他们就搬到了另一个工地去施工了，他也慢慢忘记了它。不知道为什么今天会突然又想起它，也许那是在他看来，唯一带给这个城市的改变吧！这么多年过去了，当年的那株爬山虎，也许早枯死了，或者什么时候被人当作野草拔除掉了。

儿子在车站接到他，然后一起坐公交车，回儿子的家——城里的变化太大了，他完全认不得了。

辗转来到儿子住的小区。是个老小区，房子都有点儿破旧了，很多房子的外墙，变得斑驳，与周边的新小区相比，显得有点儿寒酸。模模糊糊有点儿印象，但他不能确定，当年他们有没有在这个小区施工过。

儿子的家在二楼。只有一个房间，一个客厅，客厅还正对着另一幢楼的外墙。儿子没有足够的钱，买面积大一点儿、朝向好一点儿的房子。

他拉开客厅的窗帘，突然怔住了，只见对面那幢楼的墙壁上，爬满了爬山虎，从儿子家客厅的窗户望过去，郁郁葱葱，就像一片绿色的海洋。

他问儿子："对面墙上的爬山虎，是谁栽种的？"

儿子回答："听老邻居说，那幢房子刚交付时，就有了，也许是飞来的种子扎了根，也许是有人无意间种下的。也没人特别在意，十几年下来，就爬满整面墙了。"

他的眼睛，忽然有点儿涩，有点儿湿，有点儿热。他揉揉自己的眼睛，他不能确定，这就是自己种下的那株爬山虎，但他想，不管是谁种下的，它改变了一面墙，也改变了这个世界。

文/唐仔

山村中的交通岗

山村悬垂在山腰，不过散落着二百多户人家。可这么偏远的山村，竟然在村里唯一的十字路口，伫立了一个交通岗。

两条土路交叉，把村子划成大小不一的四块。交通岗从土路的交叉处生长出来，显得愣生生的突兀。那交通岗和城里马路上的没什么两样，甚至因了黯淡背景的对比，比城里的更为光鲜和威武。

去山村采风，那个交通岗一下吸引了我。刚下过雨，洗刷一新的交通岗和坑坑洼洼积着污水的土路，呈现着一种极不协调的怪异。山村突现的交通岗已经让我惊讶不已，更令我吃惊的是，在那里，竟然站着一位交通警察！他正以最标准的姿势站立，一丝不苟地指挥着并不存在的车水马龙。他左转身，平举手……右转身，口中的哨子响起……

不过稍一细看，那"警察"却并不是警察。尽管他的衣服和警服有些接近，但无论颜色还是款式，都和真正的警服有着很明显的差异。雨后的阳光一点儿一点儿加强烘烤的力度，直射着暴露在交通岗外的他。慢慢地，他脸上的汗滴，汇成流淌的河。

那是一位二十多岁的小伙子，模样很憨，有点儿像《天下无贼》里的傻根。

好像他已经在这里站了很长时间，可是我注意他的漫长时间里，那个十字路口，始终没有经过一位行人、一辆自行车、一辆马车、一台手扶拖拉机……终于，有人来了，却并不是路人。那是一位身体佝偻的老人。老人径直走向交通岗，递给站得笔直的"警察"一个破旧的军用水壶。我见到那警察"啪"地一个敬礼，然后接过水壶，咕咚咕咚地喝着水，仿佛已经渴到极限……

我追上急欲离开的老人，问他，那"警察"是谁？老人说，我儿子。我问他，怎么会在这里有一个交通岗？老人弄清我的身份后，长叹一声。他说，去我家说吧。

老人的家，就在十字路口的旁边。敞着门，就可以看到那个交通岗。我坐在老人的院子里喝茶，一边看那个年轻人独角戏般地指挥交通，一边听老人给我讲这个几近离奇的故事。

老人告诉我，他的儿子特别聪明，上小学上中学上大学，成绩都是名列前茅。儿子的理想是当一名交通警察，能够站在城市的十字路口，指挥着过往的车辆和行人。大学毕业后，他顺利被县交警大队录取。可就在等待去交警队报到的前几天，为采一朵蘑菇，他从村后的山坡滚了下去。他在医院躺了整整半个月才醒过来，命倒是保住了，人却摔傻了。他几乎忘记了所有的事情，甚至有一段时间，他竟然不认识自己的父母，却唯独没有忘记自己已经被县交警大队录取。每天他都会站在村头，像一位真正的交通警察那样，吹响一只哨子。

"于是你在门口给他立一个交通岗，让他相信自己就是站在县城的马路上？"我问。

"是的。"老人说，"只有这样，才能够带给他平静和快乐。我听医院的大夫说，让他平静快乐地过好每一天，或许以后的某一天，他才会忆起以前的事情，甚至说不定，还会恢复成原来的样子。那样的话，也许他还真能去交警队上班，当一名真正的警察呢！"

老实说那天我并没有太多的感动。对老人和他的儿子来说，这当然是一幕悲剧。可是类似的悲剧，世间不是每天都在上演吗？到处采风的我，这类事见得多了，也就有些麻木。至于那个虚假的交通岗，就更接近于闹剧了。我想，当劳作一天的村人扛着农具从这里经过，面对一个手舞足蹈的傻子，他们脸上，将会是怎样一副嘲笑的表情？

可是我想错了，我看轻了那些村人。那天，黄昏时，那个十字路口的村人突然多了起来。当三三两两的行人、自行车、马车、手扶拖拉机经过那个交通岗时，我看到，他们竟顺从地听任那位"交通警察"的指挥。

他们有秩序地停下、等待，根据"交警"的手势快速通过。仿佛，那儿真的是一个拥挤的十字路口；面前的傻孩子，真的是一位名副其实的交通警察。

那一刻我被深深打动。

后来我一直确信，在那个偏远的山村，无疑有世上最伟大的交警、最伟大的父亲、最伟大的村人，以及世间最伟大的理解和爱。

文/小亮

你是离他最近的人

男人去超市买菜，横穿了马路。他脑子里想着别的事情，并未注意到一辆疾驰而来的汽车。突然，男人听到橡胶轮胎发出尖锐的叫声。他的身体腾空而起，击碎了汽车的挡风玻璃，然后落下，砸弯了路边的护栏。

男人感觉不到疼痛，他的神志恍恍惚惚，仿佛世界正在远离自己。男人仿佛进入一条金色的通道，远处一片霞光。男人顺着这条通道往前走，他知道他的家人就站在身后，可是他停不下来，仿佛那是别人的双腿，不受控制。他希望有人能够拉住他，哪怕，仅仅唤一声他的名字。

真的有人拉住了他。真的有人在低唤他的名字。那是一位年轻的女子，好像他的爱人，又好像不是。那只手紧紧地握着他，轻轻牵着他往回走；那声音温柔并且焦急，让他不忍拒绝和离开。

男人在呼唤声和手的牵导下往回走，神志一点点地回归。

他听到急救车"呜啦呜啦"地叫着，由远至近；他知道周围挤满了乱哄哄和惊慌失措的路人；他感觉自己的身体被撕成了碎片，疼痛难忍；当然，还有那双手。那双手一直陪伴着他。那声音也一直轻唤着他。直到他再一次昏迷。

两天后男人在医院里醒来。第一眼，就看到了自己的女人。女人坐在床头，轻轻地握着他的手。他朝女人笑笑，然后痛苦地扭动一下身体。他发现自己的腿还能动，尽管异常艰难。男人感到一种天崩地裂的幸福，在这种幸福中快乐地睡去。

终于，男人能够下地走动。他给女人讲他遭遇车祸时的感觉。他说如果不是你及时赶到，如果不是你一直握着我的手并轻唤着我的名字，我将极有可能，永远不会醒来。

可是我并没有握着你的手并叫你的名字啊！女人说，在我赶到的时候，你已经被护士抬上了急救车。

那你怎么知道我出了车祸？

是一个女人打电话通知我的。那时，我正在洗手间洗衣服。女人说，难道是她……

女人从手机里导出了那个电话号码。拨过去，果然是她的声音。他们坚持要请她吃饭，她推辞着，举手之劳而已……男人说你一定得来。倒不是为别的，而是，我想弄明白一件事情。

两个月后，他们聚在一起，那时男人已经基本康复。那是男人第一次看到她的样子，她的脸上有一道很明显的伤疤。男人说谢谢你，可是你怎么知道我的名字和我家的电话号码呢？

她说，你的口袋里掉出一本通讯录，你的名字，还有家里的电话号码，都在第一页里写着。

男人说，是你一直握着我的手并轻唤着我的名字吗？肯定是。当时，神志模糊的我还以为是我的爱人……我问过医生，他们说这对挽留一个人的生命很重要。难道，你以前是学医的，或者学心理学的？

她笑了笑说，都不是。我之所以这样做，只因为几年前，有人曾经对我这样做过。我知道那是一位陌生的男人，可是我找不到他。女人指了指自己的脸，这道伤疤，就是那场车祸留下的。其实我根本没有做什么，我也根本不会做什么。在那时，我所能做的，只有握着你的手，轻轻叫你几声……我也不知道这有没有用……我只是，重复和延续了那个男人的所为……

是的。在很多时候，面对一位正在经历灾难的孤单的人，我们真的无能为力。但至少，我想，我们还可以握着他的手，然后告诉他，你并不孤独。如果有可能，你一定，要低唤他的名字……

理由很简单。因为在那时，你是离他最近的人。

文/鲁瓜

送你一缕阳光

几年前我生过一场大病，在一个乡间医院住了三个多月。病房里一共四张病床，我和一个小男孩各自占据了靠窗的一张。另外的两张中，有一张属于那个姑娘。

姑娘的脸苍白，长时间地闭着眼睛。只是闭着眼睛，她不可能睡着。姑娘的身体越来越差，刚来的时候，还能扶着墙壁走几步，到后来就只能躺在病床上。有时候她会突然发出一声轻轻的叹息，让正在翻看旧杂志的我，深感不安。

她很少说话。我只知道她是外省人，父母离异后，随着母亲来到这个城市。想不到接下来的一个突然变故，让母亲永远地离开了她。这个城市里，她不再有一位亲人，也没有一位朋友。现在，她正用母亲留给她的不多的积蓄，在这个简陋的病房里延续着自己年轻却孱弱的生命。

　　是的，只是无奈地延续着生命。有一次我去医护办公室，偷听到护士们正在谈论她的病情。护士长说，治不好了，肯定。

　　靠窗那张病床上的小男孩，虽然也生着病，却是活泼好动。他常常缠着我给他讲故事，声音喊得很大。每当这时候，我总是偷偷瞅那位姑娘一眼。我发现她的眉头紧蹙。显然，她不喜欢病房里闹出的任何声音。

　　男孩的父母天天来看他，给他带好吃的，给他带图画书和变形金刚。男孩大方地把这些东西分给我们，并不识时务地给那位姑娘分上一份。有时姑娘不理他，闭着眼睛假装睡着，男孩就把那些东西堆在她的床头，然后转过头，冲我们做一个鬼脸。

　　一次我去医院外面的商店买报纸，看见小男孩的爸爸正抱着头，蹲在路边哭泣。问他怎么了，他不说。一连问了好几遍，他才告诉我，小男孩患了绝症，大夫说，他将活不过这个冬天。

　　那时，已经是初秋了。

　　一个病房里摆着四张病床，躺着四个病人，却有两个人即将死去。并且，都是花一样的年龄。那时我心情的压抑，可想而知。

　　一切都是从那个下午开始改变的。

　　那天，男孩又一次抱了一堆东西，送到姑娘的床头。那天姑娘的心情好一些，正收听着收音机里的一档音乐节目。她跟男孩说声谢谢，并对着他笑了笑。于是男孩得意忘形了，他赖在姑娘床前，不肯走。他说，姐姐，你笑起来很好看。

姑娘没说话，再次冲他笑笑。

男孩说，姐姐，等我长大了，你给我当媳妇吧！

病房里的人都笑了，包括那位姑娘。看出来是那种很开心的笑。姑娘说好啊！伸出手，摸了摸男孩的头。

可是你的脸，为什么那么苍白？男孩问。

因为没有阳光啊！姑娘说。那时，她正和男孩拉勾。

男孩想了想，然后很认真地对姑娘说，我们把病床调换一下吧，这样，你就能晒到太阳了。

姑娘说那可不行，你也得晒太阳啊！

男孩再一次仔细地想了想，然后拍拍脑袋。有了！他再一次认真地说，我让阳光拐个弯吧！

所有人都认为男孩正开着他那个年龄所特有的不负责任的玩笑，包括我。我想，也包括那位姑娘。可是男孩却并不认为他在开玩笑。那天，他真的让阳光拐了个弯。

他找来一面镜子，放到窗台上，不断调试着角度，试图让阳光反射到姑娘的病床。可是他没有成功。当我们认为他要放弃的时候，他却又找出一面镜子。午后的阳光经过两面镜子的折射，真的照上了姑娘的脸。

我看到，姑娘的脸庞，在那一刻，如一朵花般绽放。

那天，整整一个下午，姑娘一直静静地享受着那缕阳光。虽然她闭着眼睛，却不断有泪水从她的眼角淌出。她试图擦去，却总也擦不干净。

从那以后，男孩起床的第一件事，就是仔细擦拭那两面镜子，然后调整它们的角度，将清晨的第一缕阳光洒上姑娘的病床；而那时候，姑娘早就在等待那缕阳光了。

她浅笑着，有时将阳光捧在手里，有时把阳光涂上额头。她给男孩讲玫瑰树和蜗牛的故事，给他折小青蛙和千纸鹤。姑娘的脸竟然不再苍白，逐渐有了阳光的颜色。

有时，男孩会跟她调皮。他故意把阳光反射到墙上，照在姑娘抓不到的高度。这时姑娘就会撑起身体，努力把手向上伸，靠近那缕阳光。总是在姑娘想放弃的时候，男孩及时地把那缕阳光移下来，移到姑娘手上，或者身体上。那段时间，病房里总是响着他们两个人的笑声。

我还记得护士们惊愕的表情。每一天，护士们为两个人检查完身体，都会惊喜地告诉他们：又好一些了！显然，男孩与姑娘的身体都在康复。我知道这是奇迹。

我出院的时候，姑娘已经可以下地行走了。他和男孩一起来送我。那时他们牵着手。两个人的脸沐浴在金色的阳光里，那是两张快乐并健康的脸。

几年后见过那位姑娘。当然她没有给那个男孩当媳妇，不过她说，她每天都在感谢那个善意的玩笑。说这些时，她刚刚出嫁，浑身散发着新娘所独有的幸福芳香的气息。她说，是那个男孩和那缕阳光救活了她。

　　那段时间，每天睡觉前，她都要想，明天一定早早醒来，好迎接男孩送给他的清晨的第一缕阳光。她说，她不想让天真善良的男孩，在某一天，突然见不到她。她说，那段日子，一直有一缕阳光照到她的心里，给她温暖和希望，她不敢死去。

　　我也见过那个男孩。男孩长大了，嘴上长出些褐色的细小绒毛，有了男子汉的模样。那天我坐在他家客厅的沙发上，问他，那时知道自己已经被判了"死刑"吗？他说知道，只是那时还小，对死的概念有些模糊，但却仍然怕，怕得很。好在有那位姐姐。那时，每天睡觉前，我都要想，明天一定早早起床，让清晨的阳光拐个弯，照到姐姐的脸上。因为，她要当我媳妇呢！说到这里男孩笑了，露出纯洁而羞涩的表情。

　　不过是一缕阳光，却让奇迹发生。我在想，其实，每个人心里，都有这样一缕温暖的阳光。你给予别人的越多，剩下的，就越多。

　　　　　　　　　　　　　　　　　　　　　　　　文/小舟

一个鸡蛋的无穷温暖

朋友曾在一个边远省份支教。

当地很穷，吃得很差，有的孩子早上去上学，甚至是饿着肚子的。为了帮助这些山区里的孩子，政府出资，每天为每个学生提供一个免费的鸡蛋。

早读之后，就开始分发鸡蛋，每人一个。农村家家都养鸡，鸡是会下蛋，可是那些鸡蛋，大人是要拿去换油盐酱醋的，根本不舍得自己吃。没想到，学校会免费给大家分发鸡蛋，这让孩子们兴奋不已。

朋友至今清晰地记得，第一天发鸡蛋时，有个男孩一口将鸡蛋整个儿吞了下去，噎得直翻白眼儿，老师们又是拍背，又是抹胸，又是倒开水，好不容易才帮助男孩将鸡蛋强咽了下去。每次想到这个情景，朋友心里就异常难过，他知道，那些可怜的孩子，是因为难得吃到一次鸡蛋，才会那样馋的啊！

可是，发鸡蛋没几天，就出现了意外情况：不少孩子拿到鸡蛋后，并没有自己吃，而是偷偷藏了起来——他们为什么要将鸡蛋藏起来呢？是鸡蛋不好吃？当然不是。情况很快就弄清楚了，那些将鸡蛋偷偷藏起来的孩子，是舍不得自己吃，他们想将发给自己的鸡蛋带回家，给自己的奶奶吃，或者与自己年幼的弟弟妹妹分享。

了解到这一情况后，学校做出了强制规定，发给每个学生的鸡蛋，必须自己吃，而且必须在早读后立即吃掉。为了确保每个学生都将发给他们的鸡蛋吃掉，学校还组成了一个监督小组，负责检查、监督学生们每天吃鸡蛋的过程。朋友就是监督组的成员。

朋友告诉我们，真没想到，那些山里的孩子，为了能将发给自己的鸡蛋省下来，带回家，竟然想出了各种各样的办法，和监督老师斗智斗勇。

有个瘦瘦的男孩子，每次拿到鸡蛋后，就表现出迫不及待的样子，"噼里啪啦"很夸张地用鸡蛋敲击桌面，剥完壳，张着大口，一口将鸡蛋吞了下去，嘴巴还"吧唧吧唧"地嚼得很响，吃得有滋有味的样子。

这反而让朋友起了疑心。朋友便站在教室的窗外，一连观察了好几天，终于发现了这个男孩子的秘密：每次他剥好鸡蛋后，都会悄悄将鸡蛋藏在一个塑料袋里，而将空手往嘴里一塞，装作将鸡蛋塞进嘴里的样子。

朋友问他，为什么要将鸡蛋藏起来？

男孩说，他的父母都在遥远的城里打工，几年才回来一次，他和奶奶生活在一起，奶奶年纪大了，身体也不好，他想将鸡蛋带回家给奶奶吃，让奶奶补补身体。

有个女孩子，拿到鸡蛋后，也总是吃得很夸张，嘴巴里鼓鼓囊囊全是白色的蛋清和黄色的蛋黄。朋友仔细观察，发现了问题，每隔一天，女孩子的嘴巴里才会鼓鼓囊囊，第二天，则只是"吧唧吧唧"的空响声。原来她是隔一天吃一只鸡蛋，另一天的鸡蛋则被她藏了起来。

有一天，朋友不声不响走到她身边，意识到自己的秘密被老师识破了，小女孩难为情地低下了头。她轻声说，家里穷，没钱买肉，吃的菜，基本上都是菜园里的蔬菜，难得有荤菜，她隔一天，省一个鸡蛋带回家，是为了让妈妈将鸡蛋做成菜。

朋友说，每发现一个孩子偷藏鸡蛋，他的心就会既酸楚，又温暖；既难过，又感动。这些将鸡蛋藏起来的孩子，都是为了省下来，带回家给自己的家人吃。对这些偏僻的山里孩子来说，鸡蛋就是人间美味了，他们不想独吃，而希望与家人共享。

但是，给每个学生每天发一只鸡蛋，是希望这些孩子能够健康成长，他们是大山的未来啊，鸡蛋必须是孩子们吃掉。因此，学校想尽办法，除了监督外，有段时间，甚至要求孩子们吃完鸡蛋后，将蛋壳上交。即使这样，仍然有不少孩子，想方设法将分给自己的鸡蛋省下来，藏起来，带回家。

不过，每次"抓"到藏鸡蛋的孩子，朋友从不当面指出来，他不想让这些孩子在其他孩子面前难堪。而自知被他发现了的孩子，会自觉地将鸡蛋拿出来，恋恋不舍地吃掉。朋友说，如果不是亲眼所见，你绝对想象不出来，那些孩子吃鸡蛋的样子，那么投入，那么享受，那么有滋有味，仿佛他们吃的是天底下最好吃的东西。

有一次，朋友对一个经常藏鸡蛋的男孩子说，你正是长身体的时候，其实，你自己将学校发给你的鸡蛋吃下去，会让家人更开心的。男孩子看着他，郑重地点点头，很赞同的样子，朋友讲完了，男孩子忽然对朋友说，可是，老师，我把鸡蛋省下来给奶奶吃，比我自己吃更开心啊。那一刻，朋友的眼睛，猛地湿润了。

朋友感叹说，在城里生活了这么多年，从来没有体会到，一只鸡蛋，给他带来的触动如此强烈。也许最好的办法，是让那些孩子和他们的父母远离贫穷，远离饥饿，远离苦难。

但是，无论多贫穷，无论多艰苦，一只鸡蛋，就可以给我们传递无穷的温暖。

文/孙道荣

爱，从来都买双程票

　　她是这个单位里的单身妈妈，离婚后独自一人带着孩子，来到这个陌生的城市工作。起初她没有房子，也租不起，只能借助姐姐的关系，与六岁的儿子一起住在附近一所大学的女生宿舍里。怕儿子夜里睡得不舒服，她买了一个简易的垫子，自己打地铺，守候在儿子床边。

　　才很小的一个孩子，就有了羞耻心，每次出入女生宿舍楼的门口，总是低头快步地走；夜晚起来去女生洗手间，也要将妈妈摇醒，让她去看一下里面是否有人；而且还知道讨好同宿舍的女孩子，懂得叫姐姐比叫阿姨会让人家开心。

　　有时她看到儿子毕恭毕敬地站在一旁，乖巧地喊姐姐好，她的心会突然很疼，好像那一声是根尖锐的针，扎在她的心里，并瞬间见了鲜红的血。

　　她的薪水不多，等到后来租了房子，再除去日常的开销，便所剩无几。所以连要给儿子买一件礼物，都要为难。一次，他们在商场里，一个小孩子朝爸爸喊着要一辆电动飞船，那男人二话没说，拿了两个不同款式的飞船便去了收银台。

　　那时她的儿子也站在旁边，正兴奋地抱着其中的一辆，试着在地上发动飞船。尽管儿子并没有让她也掏钱给自己买一辆，但她还是感觉到他在经过那对父子时，眼睛里瞬间燃起的渴盼和羡慕。

　　她犹豫了片刻，想要转身回去将那个玩具买给他，可是儿子却突然摇摇她的手，冲她撒娇说：妈妈，我饿了，我想吃家门口的豆沙包，你买给我好不好？她的鼻子一酸，眼泪差一点儿落下来，但还是克制住，蹲下身去，紧紧地抱一抱他，说：傻孩子，当然好。

　　半年后儿子读一年级，她有一天下班回来，看见他正蹲在洗水池旁，费力地洗着自己的衣服，小小的人儿，还够不着水泥砌的池子，所以袖子已经湿了大半，身上溅满了洗衣粉的泡沫，鼻翼上还渗出了细密的汗珠。

　　听见她的脚步声，儿子回头冲她咧嘴一笑，说：妈妈，今天我们老师布置的作业，让回家帮妈妈做家务，我自己洗衣服，算不算数呢？她摸摸他瘦弱的额头，说，肯定算数呀，如果我是老师，会给宝贝打一百分呢！

　　第二天她去上班，有同事出国游玩回来，将日本的青豆分发给大家一人一袋，别人拿到后立刻拆开，津津有味地品尝起来。她刚要打开，突然想起了儿子，便一脸喜悦地收了起来，并毫不避讳外人的注视，说，回家带给我儿子吃，他肯定会高兴得跳起来，他最爱吃这些小零食了。

　　有人背着她小声嘀咕，说：瞧，单身女人过得可真是心酸，一袋青豆都舍不得自己尝一个，而且穷得连点儿自尊也没了，这样的话怎么好意思当众说出来？

　　有好心人悄悄地对她说，尽管知道你爱孩子，可以后说话做事最好还是含蓄一些，别给人留下话柄，也别让人家看了笑话。

　　她愣了一下，随即笑着说：可是我对这样的嘲笑，没有丝毫的感觉，那一刻我只是想着我的儿子，就像他那么小小的人儿，为了一个住宿的床位，可以在人前一次次给足我面子一样。

　　她知道其实这样的话，也没有必要解释，因为爱从来都是买双程票的，当它们从她的体内流向孩子，再返程回来，携带的只会是更多的爱的甜蜜。

文/小艾

亲人的亲

1

从单位加班回来，外面已经是万家灯火。

楼道的灯坏了，我顺着黑乎乎的楼道爬到家门口，刚摸出钥匙要开门，角落里忽然站起一个黑影，怯怯地叫："嫂子！"

我吓了一跳，"啊"地一声惊叫。黑影拉住我的手，说："嫂子别怕，是我，佳佳。"

我按着胸口定下神，在手机微弱的光亮下看到衣着单薄、头发蓬乱的她，这不是老公纪宇的妹妹纪佳吗？她的一只手里，牵着一个两三岁的小男孩，脚边放着两个大行李包。我迟疑地问："佳佳？你怎么回来了？什么时候回来的？"

她局促地说："我等你们一下午了，也不见我哥回来……"

"你哥出差了，你也不提前打个电话。"我赶紧打开门，把他们迎进去。她把身边的小男孩拉过来，教他："叫舅妈。"

我愣住："啊，这是你的孩子？都这么大了？"

她窘得红了脸，两只手绞在一起，低着头，脚在地上一道一道地划着。好半天，才开口说："嫂子，我……我和谭天离婚了……我在那个城市人生地不熟的，待不下去，只好回来。我不敢回家，怕爸妈生气……嫂子，我能在你家待几天吗？"

我还没应声，她就急急地说："不会麻烦你们太久的，我找了工作，就马上搬走……"

说着说着，她声音哽咽起来："嫂子，我知道你心里也有气，想骂我就骂我几句吧。当初你们都劝我，可那时我鬼迷心窍，谁的话也不听，一意孤行，非要嫁给谭天。嫁过去我才知道，谭天家里一穷二白的，他还好吃懒做，找个工作，不是嫌累就是嫌赚得少，要么就嫌工作时间长，总是干不了几天就辞了，后来干脆也不去找工作了，靠我打工赚钱养他。我怀孕八个月还在酒店打工，累得差点儿流产……他不但在家里胡吃海喝，还往家里招不三不四的女人……日子实在过不下去了……"

短短一段话，她几度哽咽，泪流满面。

我的心慢慢软了下来，恨铁不成钢的话终于没说出口，只是说："回来就好，你和孩子就安心在这儿住着。"然后去开了热水器烧洗澡水，又去厨房烧水煮面，抱了一床被褥，去书房收拾床铺……

两碗香喷喷的香菇鸡蛋面端上桌时，她和孩子显然饿极了，毫不客气地端起碗，一通狼吞虎咽。我看着母子俩落魄恓惶的模样，心里又酸又疼。

2

四年前，也是这样一个晚上，在外地打工的她，突然带了一个男孩出现在我们面前，挽着他的胳膊甜蜜地介绍："我男朋友，谭天。"然后不顾大家惊诧的目光，郑重宣布，"我们要结婚了！"

不等婆婆询问男孩的情况，她已主动介绍："他家在湖南邵阳，家中独子，父母在长沙打工，没车没房也没钱。"似乎知道父母不会同意，她直接堵上他们的嘴，"不管你们同不同意，我认定他了，我们打算回去就结婚。"

一句接一句的话像重型炸弹，把平静的家炸得硝烟四起。婆婆简直被气炸了肺，捂着胸口直骂："你这是专门回来气我的吗？我怎么养出你这么个白眼儿狼？你给我滚！"

从小被父母娇惯坏的她，毫不示弱地拉起男孩的手就要走："滚就滚！"

我和纪宇赶紧追出去。到楼下，我把她拉到角落里，苦口婆心地劝她："你了解这个男孩多少就要嫁给她？爸妈养你一场容易吗？你说不要就不要了？你想过一个人远嫁的后果吗？一旦受了委屈和伤害，连个帮你的人都没有……"

她也流泪了："我一个人在外面吃了多少苦，你们知道吗？我什么也不图，就图他对我好！"

纪宇忍不住发了飙："你在外面吃苦是我们让你吃的吗？当初是谁哭着闹着要跑到离家那么远的地方？愿意走你就走，走了就别回来！你要是把爸妈气出个好歹来，别怪我不认你这个妹妹！"

她恨恨地一跺脚："好，从此我们恩断情绝，你没我这个妹妹，我也没你这个哥！"

她果然就走了。为了自己的爱情，她不惜和全家人决裂，舍弃所有的亲情和眷恋，义无反顾地奔她的幸福去了。

她走后，婆婆被气得住了院，撂下狠话："她这辈子别再进我的门，踏进来一步打折她的腿！"

3

她暂时住在我家里。

在这个她曾经熟悉的家里，她像个客人一样缩手缩脚，小心翼翼。每次做饭前，都要先征求我的意见，米饭软点儿还是硬点儿，炒菜要不要放花椒、辣椒。饭桌上，我刚说一句青椒肉丝有点儿咸了，她就诚惶诚恐地道歉："都怪我，盐放多了。"

看到我的饭碗空了，她飞快地站起来，帮我盛饭。吃完饭，她抢着收拾碗筷，很卖力地擦洗油烟机上的油渍。我告诉她不用那么费劲儿，可以到外面找个人来清洗。她满脸讨好："反正也是闲着，自己干放心。"

四年的生活改变了她，她不再是那个活泼烂漫爱说爱笑的女孩，变得谨小慎微。有一次她儿子和我女儿争小火车，女儿强势惯了，一把把她儿子推倒在地。她看到了，没有责怪侄女，却抬手就打了儿子一巴掌，训斥他："不是告诉你了吗？不能抢姐姐的玩具，怎么那么不听话啊？"

第三天，纪宇出差回来，她正趴在地上擦地板。纪宇看到她的背影随口问："什么时候请的保姆啊？"她抬头，看到哥哥，尴尬地叫了声："哥。"拿着抹布，垂手而立。

纪宇愣住，呆了半天，才不相信地叫："佳佳？"迅即，他虎起脸，冷冷地问，"你还认得这个家啊？"

她没说话，脸上的泪成串地落下来。她儿子看到妈妈哭了，跑过来像个小男人一样站在妈妈面前，盯着纪宇严肃地说："你把妈妈弄哭了，你不是好人！"

她赶紧抱起孩子，纠正："他不是坏人，他是舅舅。快，叫舅舅！"

孩子嘟着嘴，奶声奶气地叫了声"舅舅"。到底是骨肉血亲，一句"舅舅"，一下把纪宇的心叫软了。他把孩子紧紧地抱在怀里，从口袋里掏钱给他。泪，也不由自主地落了下来。

那天晚上，纪宇亲自下厨做了一桌好菜，饭桌上，她讲起这些年的经历，追悔莫及。

纪宇说："过去的事就过去了，把那一页翻过去，咱重新开始。你回来了就好，明天咱一起回家，看看爸妈。你不知道，这几年，妈提起你就哭，眼睛都哭坏了。"

她红了眼圈："我现在这样，回去他们看了也难过。不如等过几天找了合适的工作安顿下来，再回家见他们吧！"

4

她继续出去找工作，可合适的工作不是那么好找的。不是工作时间太长，她无法顾及儿子，就是薪水太低，付了房租、水电费、伙食费后所剩无几。找不到工作，她只好继续在我家住着。

她依然很谦卑小心，处处看我的脸色，可是安宁有序的家里，凭空多出两个人来，我的确很不习惯。

两室的房子，本来一间是我们的卧室，一间是我的书房兼女儿的睡房，现在她们母子占了书房，女儿要和我们睡，我晚上也无法在书房写稿；周末想睡个懒觉，她却起得挺早，在卫生间"哗啦哗啦"地洗衣服；她用过的马桶不是忘了冲就是没冲干净；内衣晾在暖气上，好几天也不收；儿子也顽皮，在家里随便翻东西，有一次玩电脑，竟然把键盘上两个按键给弄坏了；两个孩子还常常争东西，闹得家里鸡飞狗跳……

都是琐事，然而一地鸡毛，终归让人不舒服。晚上纪宇回来，我气鼓鼓地问他："她到底什么时候走？还真把这里当自己家了？"

纪宇讨好地为我捶背揉肩："不是正在找工作找房子吗？你再忍耐两天。她现在孤儿寡母的，我这做哥哥的，总不能把她赶出去吧？"

几天后，我整理东西时，突然发现一张三万元的存单不翼而飞。我当时就急了，打电话问纪宇，他支支吾吾似有隐情。我一再追问，他才坦陈，他帮纪佳找了间门面，准备让她开个包子铺。那钱是他取的，帮纪佳买了设备，并预付了一年的房租。

我一下就恼了："你疯了？咱小门小户的，省吃俭用攒点儿钱容易吗？你出手倒大方，不和我商量就把钱借出去了？她又没经验，万一生意赔了钱不就打水漂了吗？"

纪宇说："我不是怕你生气吗？你放心，地点、经营思路我都考察过了，你不也夸佳佳做的包子好吃吗？佳佳现在正在难处，我们是她最亲的人，这个时候，咱不帮她谁帮她？"

5

包子铺就开在小区门口，因为味道好分量足，生意果然很好。每天早晚门口都排着长长的队。她每天凌晨四点就得起床，奔赴菜市场买新鲜的蔬菜和肉，回来洗菜、剁馅、揉面、包、蒸……很辛苦，但她脸的上笑容越来越灿烂，整个人都变了，精神焕发，神采奕奕。

周日，我回老家，挑了恰当的时机，把她的情况告诉了公婆。

婆婆听到她回来了，当即就要跟我回去看她。

婆婆老泪纵横："这傻孩子，哪有父母和孩子记仇的？家永远是家，亲人永远是亲人，砸断骨头还连着筋呢！"

公婆跟着我回来，在包子店门口，看到在店里忙碌的她，两个人忽然蹲下来，像个孩子似的抱头痛哭起来。

是的，一直以来，她都是他们心中不敢碰触的软肋，她离开了四年，但在父母的心中，她从未离开。每一天每一时，都挂在父母的心上，让他们的心，疼了又疼。

她看到父母，呆了半天，嘴唇嚅动着，终于拉过孩子，走到公婆面前，说："叫，快叫姥姥、姥爷……"

婆婆抱起孩子，亲了又亲，泪流满面。

什么叫亲人？就是再深的伤害也能原谅，再深的误会也能解开，无论你怎样出格，也不会忘却。只要你回头，亲人的心永远敞开着门，时刻准备接纳你，无论荣耀，还是失败。

文/卫宣利

七爷的村庄

　　七爷回乡下那年,已经七十多岁了。和许多久住城里的人一样,经济发达了,生活水平提高了,却时不时慨叹,四季飘香的田野离他们越来越远了,瞧瞧,夜里抬头都看不到月亮了!

　　七爷也不例外地抱怨过,只是这时候的七爷年纪已经大了,身子骨不硬朗,腰弯了,背驼了。想当年,七爷是何等威风啊!知道七爷经历的人,提起他来总感慨,说那老七,那身板,那威风!

　　多硬朗的人也抵不住折腾。七爷年轻时带兵打过仗,有过几次重创,元气大伤。更何况,七爷已届七十三岁,老话说,"七十三,八十四,阎王不叫自己去"。

　　儿子女儿都把心提到了嗓子眼儿。七爷不信,枪林弹雨都闯过来了,还怕什么阎王?他指着身上的几处伤疤给晚辈们看,那老阎王和他拉过锯,都成老朋友了。

　　话虽这么说，可随着日子一天一天从眼前飘过，七爷也犯开了琢磨，经常一个人坐在阳台上发呆。有时候，七爷的眼眶里竟莫名地蓄起一汪泪水。从此，七爷说话就提乡下老家，说山区空气怎么怎么好。乡下究竟有什么好？儿女们问他，七爷就讲那山、那水，还有那人。七爷怪异的举止令儿女们更担心了。

　　中秋节前的一个晚上，七爷吃完儿媳妇做的肉丝面，和小孙子玩了一会儿玻璃球，便上床睡下。第二天一觉醒来，话也不说，眼神毫无光彩地盯着天花板，一动不动呆滞在那里，儿媳妇吓得大声唤，爹，您这是怎么了？

　　冒着斜斜细雨，闺女、女婿连忙赶回家，一家人急得团团转。转眼三天过去了，七爷的病还不见好。他不说话，只把手抬起又放下，好像有许多心事要表达。有一次，七爷的手又抬起来，女儿把耳朵凑到嘴边去，不一会儿，打发人火速把大哥叫回来。

　　大儿子一进门招呼："爹，我回来了。"七爷摆摆手，示意儿子到床沿坐下。

　　"怎么不吃饭？"儿子问七爷。

　　"不吃，吃多少也不中用。"七爷气如游丝地回答了儿子的话。

　　"那好，你不吃，我们也不吃了，咱爷俩谁也别吃。"

　　七爷急了，说："小子哎，吃饭是大事，你年纪轻轻的，敢不吃！"

　　儿子嘿嘿笑："那咱一起吃。"七爷的胡子抖了两抖，迟疑一下，终于答应喝点儿汤。

　　两三天没进汤水的七爷，竟顺从地喝下半碗小米汤，饭毕长长地叹了口闷气。七爷心疼儿子，儿子不吃饭，七爷是断然不肯的，所以硬撑着也要陪儿子吃一点儿。

　　喝了汤，七爷终于说话了：爹想回老家，那里，爹早就嘱托人买了一块养老地，前几年，爹回家看过，那地方不错。

　　儿子以为，这一定是七爷在安排后事了，便顺从地答应了七爷，但必须找个保姆照顾他。保姆是七爷的一个亲戚，人们都叫她秋姑。找好了保姆，全家人把七爷送到乡下，说好半个月来看老人一趟。

　　半个月过去了，当儿子和闺女踏进七爷那所小院时，眼前的情景把兄妹两个感动了：简陋的小院里，秋姑正在烧火做饭，七爷悠闲地躺在一张藤椅上，怀里抱着一壶茶，自斟自饮……儿子和闺女看出来了，七爷是不打算回城了。

　　七爷在村子里又生活了六七年，院子里喂着鸡和狗，还种了果树。两年后，果树开了花。三年后，坐了果。七爷的愿望实现了。有人说七爷不该回村的，在城里养老多好。儿子无奈地说，随他吧，人老了，可脾气还和当年一样犟。

文/宋尚明

All over the world, you're the apple of my eye.

世界这么大，我只喜欢你。

Part **6**

在最清浅的暖意里
等你

假如时光可以倒流，谁会在原地等你？
总有一个人，会在最清浅的暖意里守候，在刹那，在永恒，
能厮守到老的，不只是爱情。

洗手间里的晚宴

女佣住在主人家附近一片破旧平房中的一间。她是单身母亲，独自带一个四岁的男孩。每天她早早帮主人收拾完毕，然后返回自己的家。主人也曾留她住下，却总是被她拒绝，因为她非常自卑。

那天，主人家要请很多上流社会的客人来吃饭。主人对女佣说："今天您能不能辛苦一点儿，晚一些回家？"女佣说："当然可以，不过我儿子见不到我，会害怕的。"主人说："那您把他也带过来吧……今天情况有些特殊。"

那时已是黄昏，客人们马上就到。女佣急匆匆回家，拉了自己的儿子往主人家赶。儿子问："我们要去哪里？"母亲说："带你参加一个晚宴。"

四岁的儿子并不知道，自己的母亲是一位用人。

　　女佣把儿子关进主人家的书房。她说:"你先待在这里,现在晚宴还没有开始。"

　　然后,女佣进了厨房,做菜、切水果、煮咖啡,忙个不停。不断有客人按响门铃,主人或者女佣便跑过去开门。有时女佣进书房看看,她的儿子正安静地坐在那里。儿子问:"晚宴什么时间开始?"女佣说:"不急,你悄悄在这里待着,别出声。"

　　可是不断有客人光临主人的书房。或许他们知道男孩是女佣的儿子,或许并不知道。他们亲切地拍拍男孩的头,然后便翻看书架上的书,或是欣赏墙上的画。男孩始终安静地坐在一旁——他在急切地等待着晚宴的开始。

　　女佣有些不安,到处都是客人,她的儿子无处可藏。她不想让儿子破坏聚会的快乐气氛,更不想让年幼的儿子知道主人和用人的区别,富有和贫穷的区别。后来她把儿子领出书房,把他关进主人的洗手间。

　　主人的豪宅有两个洗手间,一个主人用,一个客人用。她看看儿子,指指洗手间里的马桶。"这是单独给你准备的房间,"她说,"这是一个凳子。"然后她再指指大理石的洗漱台,"这是一张桌子。"她从怀里掏出两根香肠,放进一个盘子里,"这是属于你的晚餐,"母亲说,"现在晚宴开始了。"

　　盘子是从主人的厨房里拿来的,香肠是她在回家的路上买的,她已经很久没有给自己的儿子买过香肠了。这时,女佣努力抑制着泪水——没办法，主人的洗手间是房子里唯一安静的地方。

男孩在贫困中长大，他从没见过这么豪华的房子，更没有见过洗手间。他不认识抽水马桶，不认识漂亮的大理石洗漱台，他闻着洗涤液和香皂的淡淡香气，幸福得不能自拔。他坐在地上，将盘子放在马桶盖上。他盯着盘子里的香肠，为自己唱起快乐的歌。

晚宴开始的时候，主人突然想起女佣的儿子。他去厨房问女佣，女佣说，她也不知道，也许是跑出去玩了吧？主人看女佣躲闪的目光，就在房子里静静地寻找。终于，他顺着歌声找到了洗手间里的男孩，那时男孩正将一块香肠放进嘴里。

主人愣住了，他问："你躲在这里干什么？"男孩说："我是来这里参加晚宴的，现在我正在吃晚餐。"

主人问："你知道这是什么地方吗？"男孩说："我当然知道，这是晚宴的主人单独为我准备的房间。"

主人说："是你妈妈这样告诉你的吧？"男孩说："是……其实不用妈妈说，我也知道。晚宴的主人一定会为我准备最好的房间。不过，"男孩指了指盘子里的香肠，"我希望能有个人陪我吃这些东西。"

主人的鼻子有些发酸，用不着再问，他已经明白了眼前的一切。他默默走回餐桌前，对所有的客人说："对不起，今天我不能陪你们共进晚餐了，我得陪一位特殊的客人。"然后他从餐桌上端走两个盘子。

他来到洗手间的门口，礼貌地敲门。得到男孩的允许后，他推开门，把两个盘子放到马桶盖上。他说："这么好的房间，当然不能让你一个人独享……我们将一起共进晚餐。"

那天他和男孩聊了很多。他让男孩坚信，洗手间是整栋房子里最好的房间。他们在洗手间里吃了很多东西，唱了很多歌。不断有客人敲门进来，他们向主人和男孩问好，他们递给男孩美味的苹果汁和烤得金黄的鸡翅——他们都露出夸张的羡慕的表情。

后来，他们干脆一起挤到这小小的洗手间里，给男孩唱起了歌。每个人都很认真，没有一个人认为这是一场闹剧。

多年后男孩长大了，他有了自己的公司，有了带两个洗手间的房子。他成为富人，步入上流社会。每年他都要拿出很大一笔钱救助穷人，可是他从不举行捐赠仪式，更不让那些穷人知道他的名字。

有朋友问及理由，他说，我始终记得多年前，有一天，有一位富人和很多人，小心地维系了一个四岁男孩的自尊。

文/小小亮

回家，不需要理由

男人出差那天，小城开始下雪。百年不遇的大雪，下了整整半个月。

男人忙完公差，急匆匆往回赶。他要在距家二百公里远的省城下火车，然后转乘公共汽车。男人兴冲冲去售票处，却被告知因为大雪，所有开往那个小城的公共汽车都已经停运。男人只好住在旅店，却坐卧不安。相比遥远的旅程，二百公里仿佛近在咫尺。现在，他被困在了家门口。

男人给女人打电话。他说不通车了，回不去。女人说得多久？男人说不知道……这鬼天气。女人说没事。你在那里住下，通了车再回来……每天给我打个电话就行。男人说嗯……只能这样了。放下电话，男人掏出钱包，打开，静静地看女人的照片。

那时还是清晨。奇冷。男人站在旅店厚厚的窗帘后面，心急如焚。

　　小城夜里又下了雪。很大。雪地里刚刚被踩出的窄路，再一次被大雪掩平。已经凌晨了，女人还没有睡。她坐在沙发上，不停按动着遥控器。风尖着嗓子从窗外光秃秃的树梢间溜过，女人坐不住了，走到窗口。她想，他那里，冷不冷？

　　有人敲门。急急的，却文质彬彬，那是男人独有的节奏和气质。女人冲过去，炸一声，怎么现在回？就开了门。果然，男人站在门外，挺得笔直，咧开嘴笑。他围一条大红的围巾，落了满身的雪。男人像一位从天而降的圣诞老人。

　　女人给男人拍打身上的雪，接过他沉沉的旅行包，递给他一双棉布拖鞋，把他冰冷的手焐在手心里煨暖。女人说怎么现在回？通车了？男人说没，全世界都没通车。女人说那你怎么回来的？男人说飞，我飞回来了。

　　他当然不是飞回来的。男人拦下一辆出租车，开出了很高的价钱。司机说你给多少钱都没用，半路上雪太大，路边护栏都被埋了。男人说你别管，你只管开车，开到不能再开为止。司机说那你不是被扔在半路了？男人说没事，剩下那点儿路，我自己走回去。

　　出租车蹒跚着开到距小城三十公里远的地方，终于一步也挪不动了。男人下了车，背着旅行包，往家的方向走。天很冷，雪很深，风很大。雪粒盘旋着，让他睁不开眼。有一段时间，男人更像是在雪地里爬。记不清走了多长时间，男人已经没有了时间的概念；记不清摔了多少跤，男人的思维已经接近模糊。终于，男人看到了家的灯光。他笑了。他知道女人在等他。

男人并没有马上回家。他在楼道里，呆立了至少十分钟。他想让自己的体力恢复一些，变得脸色红晕，神采奕奕。他不想让女人看到他狼狈的样子。

女人一边给男人做饭，一边听男人自豪地讲这些。她把表情藏好，炒勺舞得虎虎生威。今夜的女人慌乱不堪，她一会儿冲进浴室，看洗澡水热了没有；一会儿直奔卧室，把空调开得再暖一些。女人说你傻啊，你真是傻啊。眼角就突然湿了，想擦，却腾不出手。于是女人撒了娇，将几滴泪，蹭上男人的背。

男人吃饱了，洗了澡，打着幸福的嗝儿。女人说为什么一定要回？男人说知道你一个人在家，晚上会怕的。女人说都这么多天了，还在乎再多几天？男人说今天是你的生日啊！早答应过你，生日这天，我刷碗的。

女人扑哧笑了，他说你在雪地里走了三十公里，摔了无数个跟头，就为了回家刷碗？说得男人也糊涂了。好像所有的理由，全都站不住脚。男人急了，他说我也不知道为什么。我就是想你，我就是想回来，一秒钟都等不及。

女人说现在天快亮了，我的生日在你敲门的时候已经过完了，你还刷什么碗？男人红了脸，尴尬地挠头。女人说所以要罚你，就罚你刷碗。男人眉毛扬起来，起身，往腰上系一条围裙。

女人紧紧拥抱了男人。她说傻样儿，累一天了，还不快歇着？便从男人身上夺下那条围裙。

文/天涯

不让你离开

他八十九岁，她八十七岁，他们已经在一起生活了六十四年。

四年前，她被诊断出患有阿尔茨海默症后，卧床不起，并且忘记了一切，连他都不认得了。现在，也许到该说再见的时候了，死亡在一次次向她招手。而他用老榆树皮一样疙疙瘩瘩的手，无力但坚定地拉着她，不让她离开。

他们是一对阿根廷老夫妇，他们的孙子，一名自由摄影师，用镜头将他们的日常生活记录了下来。在互联网上，我通过几十张照片，看到并认识了他们。我被他们的生活震撼、打动。

所有的照片，都是在他们的家中拍的。卧室、客厅、厨房和卫生间，家是唯一的背景。四年来，她没有离开这个家半步，而他为了照顾她，也从没有走出这个家门。

一张照片,是他端着一盘食物走向卧室。他身边衣柜的镜子里,倒映出蜷缩在床上的她。她已经瘦弱得不成样子了,脑袋软绵绵地耷拉向一边,但她的眼睛,却一直没有离开过门的方向。

也许对她来说,在他离开她身边,去厨房为她做饭的这段时间,如此漫长,长到她似乎再也等待不及。幸好他颤颤巍巍地出现在了门口,而且手中端着她最喜爱,也是唯一能够咽下去的食物。

另一张照片,是他站在床头,喂她吃饭。他一只手端着盘子,另一只手将面包(或是蛋糕)一块一块撕碎,一小片一小片地喂她。她的嘴角,沾着一粒碎屑。她蜷缩着,瘦削的锁骨,几乎可以淹没所有的岁月。

她睁大眼睛,看着他。我描绘不出她的眼神,她已经认不得他,这个一直在照顾他的老头。那么,她的眼神里,除了疑惑和感激,会不会是积淀了几十年的一种本能的流露?

让我心碎的,是这样一张照片:他站在床头,穿着厚厚的毛衣,佝偻着腰,戴着老花眼镜,正一张张地翻着报纸。我不知道,看看报纸,是不是他和这个世界剩下的最后的通道?

他是想从报纸上,找一些有趣的新闻,然后读给她听吗?不过,很可惜,坐在床前椅子里,裹着厚厚的棉衣的她,双手拢在一起,脑袋耷拉了下来。她已经睡着了。

阿尔茨海默症使她特别嗜睡，只要坐下来几分钟，她就会打起瞌睡。他还在埋头翻着报纸，一张又一张，他总能找到他需要的东西，然后，将她轻轻唤醒，念给她听。

有一张照片特别奇怪，画面就是一个挂在墙上的钟，时间指向2点13分。我不能确定这是下午还是凌晨；我也不能领会，摄影师拍下这个时间的意图——没有图片说明。

我只能猜测，或许时间对这两位老人来说，已经没有什么意义，他们不必一定要在某个时间做某件事情。他们的时间，总是捆绑在一起，牢不可分，没有什么东西能够将他们分离，即使是万能的时间。

唯一能够看到室外的照片，是他站在窗前，窗帘拉开一半，窗户前面是一株我叫不出名字的植物，但我看到，绿绿的叶丛中有几朵盛开的花朵，两朵是红的，还有四五朵是白的。他站在窗前，凝视着那株植物。

他在想什么呢？春天来了，还是最近一次携老太太出游？或者更远一点儿的花朵，他曾经摘下并插在她发丛里的那朵？他和她，都已经很久没有走出这个家了，家成了他们最终的一站。

我看到的最后一张照片，是他牵着她的手，走出房门。看得出，是从卧室走向客厅。那只是几步之遥。不过，对于她来说，那是非常遥远，也非常艰难的一段路程。没有他的搀扶，别说走到客厅，她连床都下不来了。

疾病正在一点点地剥夺她的生命，死神已经拽住了她的一只脚。但是，他不同意！他不想让她离开，他不能让她离开，绝不！他牵着她的手，无力但是坚定。

不让你单独离开，是不想让自己单独留下，是想当有一天，再也无力坚持下去了，就手牵着手，我们一起离开。

文/麦父

那年冬天，那场雪

　　那年冬天，雪下得很大，一出门，寒风往袖筒里钻。大冷的天，冻得牙齿直打战，开口说话，眼前罩上一层白雾。街道两旁结了厚厚的冰，在昏黄的路灯下泛着清冷的光。年三十的晚上，我们一家人拎着礼物，回娘家过新年。

　　路边站了许久，总算招到一辆出租车，车停，上车。我搓着冻成藕荷色的手，说，去阳光小区。车缓缓开动，司机盯着前方，淡淡地说，车费25元。我愣了一下，平时好像没这么贵，这不明摆着抬价吗？我有几分不悦，开始跟他讨价还价。

　　路上有冰，车开得很慢，时走时停。我掏出手机看时间，催促司机稍微快点儿，家人等着吃团圆饭。他不疾不徐地说，你坐了我的车，我就要把你安全送回家。我抬头望向车外，已是华灯初上，行道树上千朵万朵琼花开。街边五光十色的灯盏，洋溢着节日的喜庆，那些脚步匆匆的人们，大抵都是归心似箭。

车开进阳光小区，我对司机说，大哥，20元吧，刚才跟你商量过的。他窘在那里，犹豫着伸出手，接过钱放进包里。我露出胜利的微笑，转身下车。推开家门，妈妈迎了上来，嘴里念叨着，怎么才到家，我这就热菜去。我下意识地掏手机看时间，心里陡地一惊，兜里空空如也。

手机是爱人送的生日礼物，刚用了半年，三千多块钱。真是忙中出错，这才想起，准是掉到了出租车上。妈妈劝我，别急，大过年的，说不定遇到好人，给你送回来。想起一路上跟司机压价，他会归还手机吗？我在心里打了个大大的问号。

怀着忐忑的心情，我用固定电话拨通了手机，铃声响起，没人接电话。挂了再拨，仍没人接。不再抱什么希望，便坐下来吃饭，家人共同举杯，欢度除夕之夜。二十分钟后，电话铃忽然响起，接听，那边传来一声：我在你家楼下，还手机来了。声音不大，却似平地起惊雷，我欢天喜地地跑下楼去。

到了楼下，司机大哥说："刚才你打电话时，正好碰上红绿灯，没法给你回话。怕你着急，赶紧把手机送回来。"接过手机，掩不住失而复得的惊喜。我从身上掏出一把零钱，数一数，五十多元，一股脑儿递了过去，说："送给你，谢谢司机大哥。"

"那可不行，手机本来就是你的，现在物归原主。"他连连摆手，笑呵呵地说，"如果你真的过意不去，就把刚才的5元车费补给我。"我的脸腾地红了，递上5元钱。他接过钱，谦卑地说："不怕你笑话，儿子今年上高三，我想多挣点儿学费。天黑路滑，我们出车也不容易，你多担待些。"

他黑红的脸膛上，流溢着慈爱的光芒，瞬间，我读懂了一颗父亲的心。在他的内心深处，坚守着自己的道德底线，这坚守的背后，是清白人生的信念。想到这里，我侧过身去，泪水难禁。他朝我挥挥手，嗓门儿很大地说："祝你新年快乐。"说完，钻进车里，一溜烟儿地开跑了。

时光如白驹过隙，一晃几年过去，我仍会想起那年冬天的那场雪。不知他的儿子考上了哪所大学，不知他现在过得好不好。那件雪中往事，在我的心里留下了永久的美丽印记。

文/叶书君

生命的守护

　　四岁的豆豆在车厢里开心地蹦蹦跳跳，就像一颗可爱的"精灵豆"。

　　金建飞满眼温情地看着聪明活泼的儿子，然后与坐在身边的妻子相视一笑。他觉得幸福像电视镜头里的花儿开放一样，听得见"噼噼啪啪"的花开声。

　　他姓金，儿子小名就叫"金豆豆"，这可是名副其实的金豆子，是爷爷奶奶的宝贝蛋，是外公外婆的开心果。

　　这不，一家三口趁着周末从瑞安家里刚到宁波玩了一天多，爷爷奶奶就受不了啦，电话一个接一个催："一天没见我大乖孙，想死了，今天晚上就回家，爷爷奶奶做好饭菜等乖孙回家吃饭！"

　　听得他都"吃醋"了："是不是只做了大乖孙的那一份，儿子儿媳都没得吃？"说得老人在电话里咯咯咯笑开了。

妻子就坐在他身边，微笑着看着儿子在车厢走道里玩。妻子笑起来的时候，眼角有了细细的鱼尾纹，她是一位刑警，这份职业让她显得比同龄女子更多了一份冷静和淡定。记得他第一次看到她的鱼尾纹时，他说："哎呀，你有鱼尾纹了！"

她说："叶芝诗里说，'当你老了，头白了，睡意昏沉……只有一人爱你哀戚的脸上岁月的留痕'。只有这样的男人才是真正有品位的，你不会是没有品位的男人吧？"

他笑，看她的眼神里，更多了一份敬重。

从宁波上车后，这列 D3115 次动车就一直基本保持着 234 千米的时速运行。儿子问他："爸爸，我们什么时候到家？"他说："晚上 8 点 10 分就到家了。"儿子望着窗外飞驰的景色说："我们向家飞啰！"

19 点 47 分，动车准时到了永嘉站，透过玻璃看到强烈的闪电像蜿蜒的长蛇一样划过夜空，漆黑的夜色一瞬间亮如白昼。正常情况下，动车在永嘉站只停靠 1 分钟。然而 20 多分钟过去了，列车都没有动，20 点 15 分，车上传来了广播声："前方雷电很大，列车不能正常运行，正在接受上级的调度，希望乘客谅解。"

20 点 28 分，车终于缓缓开动了，他与妻子都长舒了一口气——豆豆的爷爷奶奶几次电话来催了。还有大概 20 分钟就到瑞安站了，他从行李架上取下行李整理起来，儿子也伸过小手来帮爸爸整理……

"啊……"在他还没有反应过来的一瞬间，整个车厢发出了惊恐而凄厉的尖叫声！他下意识地一把抓住身边的儿子，将儿子紧紧搂在怀里。

四周突然一片漆黑，他已来不及喊妻子。

他和儿子在翻滚，巨大的力量将他揉面团一样狠狠地砸过来，又狠狠地甩过去。

他感觉到自己的头骨被摔裂了，浑身的骨头都断了，他的面孔不断受到重创，血汩汩地往外淌……其实这时候，他可以本能地抱住自己的头减轻伤害，但他顾不到这些了，他只是蜷紧背脊抱紧孩子，心里只有一个念头：让孩子活下来！

慢慢地，他觉得自己眼皮很沉，他似乎听到了父母的呼唤：儿子，回家吧。他觉得自己走到了家门口，看到了窗户透出来的温暖的灯光……

他们被找到的时候，豆豆的身体完好无损，看上去很安静，像睡着了一样。而紧紧搂着豆豆的那个男人，已经面目全非，根本无法辨认他的身份。

为了确认身份，有人建议 DNA 采样验证。

"不用了，"豆豆的外公颤抖着一头白发，用嘶哑的声音说，"除了豆豆的亲生父亲，还有谁能用生命守护豆豆？这是父亲的本能。"

生死一线之间，用生命守护儿子的男人，纵使面目全非，所有的人也能从他模糊的面孔上看到两个清晰的大字——父爱。

文/纳兰泽芸

龙卷风

　　父亲带着七岁的女儿去十里之外的村子里走亲戚。从大路上下车后，已是下午两点多钟。到达亲戚的村子，还要徒步经过一大片田野。

　　父亲发现原本阴沉的天色，渐渐变得越来越黑，便对女儿说，我们要走快点儿了，天可能要下大雨。

　　铅灰色的乌云越聚越浓，天越来越黑，仿佛真正的黑夜来临。闪电如利箭一样一次又一次刺穿黑暗，雷声伴着狂风隆隆滚过天际，然后像炸弹一样在头顶炸裂。

　　女儿瑟缩着小小的身子："爸爸，我怕！"

　　他将女儿紧搂在胸前："丹丹不怕，把头埋进爸爸衣服里，闭上眼睛睡觉。"

　　他在对女儿说话的同时，脚下不停狂奔，他知道，在这样电闪雷鸣的旷野中多待一秒钟，就会多一秒钟的危险。

　　一道雪亮的闪电划过大地，他突然听到一种奇怪的巨大呼啸声由远而近向自己的方向逼来，这声音像几十台拖拉机同时爬坡发出的吼声，又像无数条响尾蛇同时发出的嘶嘶声，在闪电的强光里，他看到一个顶天立地的巨大黑色烟柱飞速移来——龙卷风!

　　他大骇，他知道龙卷风的厉害，他小时候经历过一次。龙卷风所到之处，大树被齐腰斩断，树皮被剥得只剩白花花的树干，地上的东西被吸上天空，人和牲畜都会被摔死!

　　他本能地想要加快脚步。但一刹那间，他觉得脚下陡然失去了支撑，身子被一股巨大的力量吸得轻飘飘的，他知道此刻他和女儿都被吸到了高空，几分钟后就要被抛到九霄云外，然后粉身碎骨!

　　自己倒没什么，活了三十多岁了，人生该经历的都经历了，可是女儿啊，她才来到这个世界七个年头!

　　"爸爸，我怕!"紧紧贴着父亲胸膛的女儿颤声叫道。

　　"乖女儿，爸爸在和你做飞的游戏呢!你不是一直想和小鸟一样自由飞翔吗，我们现在跟许多小鸟一起飞翔呢，现在紧闭眼睛，我们开始数小鸟，一只小鸟，两只小鸟，三只小鸟……"

　　他感觉自己像一个面团一样被一只巨手揉来揉去，五脏六腑都翻腾起来，他什么也不敢想，只是尽力地躬身将女儿更紧地搂住。

　　不知道过了多少时候，他感觉这只巨手的力量渐渐小了，身体也开始慢慢下降，他知道龙卷风风力渐小，开始将吸入的物体抛向地面了。女儿，我的女儿！他心里痛苦如焚。

　　女儿还在他的怀里做着数小鸟的游戏，也许此刻女儿看见的是柳枝飘拂、小鸟啁啾，女儿在即将到来的那一刻将不感觉到痛苦。想到这里，稍感欣慰，同时，泪水滑下他这做父亲的脸颊。

　　突然，他感觉自己的背撞到了什么东西，这个东西以一种强大的力量勒过他的衣服，勒进他的背——电缆！他心里滚过一阵狂喜，一瞬间，他一手搂紧女儿，另一只手拼尽力气死死抓住那根电缆！

　　他就这样，单手悬吊着支持父女两人的重量。

　　天慢慢地变亮了，狂风也小了。渐渐地，他感到手臂发软打战，被深勒过的后背正在"滴答"流血，不等血滴进土地，就被吹散在风中。最要命的是，女儿数小鸟数得睡着了，睡着后的女儿会不自觉地放松抱紧父亲的双手！他不敢再往下想。

　　女儿的手一点点松开他的身体。不能再犹豫了，他看到脚底十多米的地方是一块旱地，他搂紧女儿，紧抓电缆的那只手一松，他就成了一个背朝大地面向天空的自由落体。

　　此刻怀里的女儿正在睡梦中甜甜呓语着。他笑了。

　　父亲保住了性命，却多处骨折并重度脑震荡，而女儿纤毫无伤，睡醒了，还天真地对父亲说："爸爸，我看到了好多好多可爱的小鸟，真美呀。"

有人问他:"你知道不知道,你这次是侥幸从死神手里逃掉的?因为你这样背对地面从高空摔下,极有可能丢掉性命。"

他憨憨地说:"我知道,但如果不这样,我的女儿就可能丢掉性命。"

父亲这句简单朴实的话,七岁的女儿现在还不懂。等她长大了,她会懂得,父亲对她的爱,比父亲背对着的大地,还要深沉,还要厚重。

文/秦若邻

冰雪燃情

　　天色阴沉暗黄，气温骤降，看样子快要下雪了。寂静的盘山公路上，一辆别克旅行车急驰而过，詹姆斯手握方向盘心急如焚，车上还有他的妻子凯蒂和七岁的女儿。两个小时前，他已经意识到自己迷路了，得赶快离开这渺无人烟的鬼地方，万一大雪封山，后果不堪设想！

　　感恩节假期，詹姆斯全家外出旅行，出发时还艳阳高照，没想到回来的路上却风云突变。匆忙中，他不小心错过了高速公路的出口，误入深山。

　　夜幕降临时，天上果然下起了雪。密集的雪粒斜斜地飞来，急促地敲打着汽车挡风玻璃，叮当作响，詹姆斯脸色凝重，不由得又加大了油门。走到半路，车子突然熄火——汽油耗尽了。

　　詹姆斯并未慌乱，冷静地掏出手机，拨通了报警电话，这是唯一的求救办法。可他根本不知此刻身在何处，说不清具体方位，只好在电话里反复描述四周的地貌特征……话未说完，手机电池却已耗尽！

天寒地冻，詹姆斯一家被抛在荒山野岭，与世隔绝！他们只能躲在车内焦急等待，只要雪停了，就能搭上过路的汽车。然而翌日一早，雪下得更大了，地上已经覆盖了一层厚厚的积雪，漫山遍野银装素裹，白雪皑皑。毫无疑问，大雪封山，所有进山公路均已封闭，詹姆斯的心一下子沉到了谷底。

鹅毛大雪漫天飞舞，仿佛永无止境，车上的食物最多只能维持两天，饥饿和严寒随时可将他们推入绝境！女儿躲在妈妈怀里，吓得哇哇大哭，怯怯地问："爸爸，我们还能走出去吗？"

詹姆斯假装抬头看了看天，然后回过头，笑着说，"当然。明天一定会停雪，到时就有人来救我们了，爸爸看天气一向很准。"女儿稚气的小脸上顿时灿烂了，从小到大，爸爸从未欺骗过她。詹姆斯努力做出轻松的表情，心里却一点儿底都没有，只能暗暗祈求上天，快快停雪。

两天过去，大雪依然纷纷扬扬，似乎没完没了。一家三口躲在车内，紧紧拥抱着，互相靠体温取暖。比天气更冷的，是绝望的心，车上只剩下最后一块面包！窗外雪花片片飘落，生的希望，被一寸一寸覆盖。詹姆斯再也坐不住了，与其坐以待毙，不如主动出击，或许还有一线生机，一个大胆的想法迅速在脑海里浮现：他决定独自下车，徒步走出大山求救。

妻子凯蒂坚决反对，外面天寒地冻，没有食物，缺乏足够御寒的衣物，没有最起码的户外活动装备，还得时刻面临迷路的危险，出去几乎是必死无疑。

"别担心，难道你忘了，我曾经是登山运动员吗？"詹姆斯显得无比自信，又抬腕看了看表，"现在是上午九点，万一走不出去，下午两点之前我一定回来。"的确没有更好的办法，凯蒂无可奈何，只好勉强同意。

准备就绪，詹姆斯亲吻了熟睡中的女儿，然后紧紧拥抱着妻子："凯蒂，一定要挺住，等我回来！"其实，他根本不知道此去是否还能回来，但至少能给妻女增加一线获救的希望。一双网球鞋，一套运动衣，外加一件夹克衫，这是他全部的装备。大雪纷飞，寒风刺骨，踏着齐膝的积雪，詹姆斯独自在冰天雪地中艰难跋涉……

又是三天三夜，大雪终于疲倦了，风也停了，大山空旷，万籁俱寂。金色的阳光透过车窗，温柔地抚摸着凯蒂苍白的脸庞，她微微睁开眼睛，却被耀眼的光芒刺得头晕目眩，随即又人事不省。不知过了多久，她在蒙眬中听到一阵嘈杂的人声……

当凯蒂再次睁开双眼，发现自己已躺在医院的病房里，和煦的阳光洒满房间，暖洋洋的，女儿睡在身旁，手上插着透明的输液管，红扑扑的小脸蛋，呼吸均匀，她感到无比欣慰。

被困五天后，母女俩成功获救！幸亏丈夫搬来了救兵，凯蒂心里刚刚掠过一丝劫后余生的庆幸，突然又意识到了什么，疯狂地大叫起来："詹姆斯，詹姆斯……"然而回应她的，只有闻声而来的护士。

原来，营救人员并未见到詹姆斯。他们在事发地点搜寻时，首先发现了被困的车子，于是救下了凯蒂母女，根本不曾料想，竟有人提前下了车。

詹姆斯极有可能迷路了，时间就是生命，搜救工作立即全面展开。凯蒂坚信丈夫一定还活着，詹姆斯曾是登山运动员，有丰富的野外求生经验，营救人员信心倍增。

整整一天过去，搜救工作却毫无进展，詹姆斯依然下落不明，生死未卜。

直到次日傍晚，警察终于找到了詹姆斯。他静静地躺在雪地上，蜷缩成一团，早已停止了呼吸。詹姆斯衣着单薄，粒米未进，竟徒步走出了十公里。更令人无法想象的是，冰天雪地中，詹姆斯遇难时竟然全身赤裸！人们在不远处发现了他的内裤，已被撕成两半，另一半不知去向。

詹姆斯的右手紧紧攥着拳头，至死没有松开，警察用力掰开他僵硬的手指，一张纸条从指间滑落。上面几行歪歪扭扭的字迹，依稀可辨："我们在山上迷路了，我的妻子和女儿被困在车上，请赶快救救她们！沿着路上留下的衣服碎片一直找，要快……凯蒂，还有我的孩子，我爱你们！"

文/姜紫烟

重生

史无前例的大地震无情地蹂躏了这座城市。

这里原本是一个戒备森严的看守所，地震过后，几乎被夷为平地，许多警察在睡梦中再没醒来。犯人相对幸运一些，因为监房建得格外牢固，没有完全震塌，但墙壁全部破裂。一个个犯人从监房钻出来，高高的围墙不见了，笨重的铁门躺在瓦砾中，平日荷枪实弹的岗哨也不知所踪。

总之，所有限制自由的东西统统消失了，取而代之的是一片废墟。黑夜、死亡和漫天飞舞的灰尘，交织成一幅凄惨的画面，令人窒息。面对突如其来的"自由"，犯人们茫然不知所措。

一名警察从废墟中爬了出来，手中握着枪，只穿着裤衩和背心，浑身被尘土包裹，像一尊不屈的雕塑。灾难没有让警察放弃职守，当他发现犯人"逃出"监房时，立即朝天鸣枪，在枪声的警告下，犯人挤成一堆不敢轻举妄动。

虽然犯人们陷入暂时的茫然，可警察头脑格外清醒，此时情况万分凶险：通讯肯定全部中断，求援无门；虽然自己手中有武器，但面对的是一百多个毫无束缚的犯人，谁也无法预料下一步将发生什么。

警察的分析很准确，地震过后，就连市政府也被埋入废墟之中，不仅建筑物和生命遭受了灭顶之灾，而且原有的社会秩序也随之荡然无存。实际上，方圆十几公里以内已处在无政府状态，如果犯人集体越狱，凭他一人之力，根本无法阻止。

第二次"地震"似乎正在酝酿，犯人们逐渐骚动起来。这时，有犯人站了出来——那是个二进宫的抢劫犯，警察认识他，下意识地握紧了手中的枪。"二进宫"高声喊道："管教，我们要去救人。"

看来不是越狱，警察暗中松了一口气，可职业的敏感让他不得不充满戒心：如果让他们救人，一旦局面失控，全跑了怎么办……瓦砾中不时传来呼救声时，警察没有选择的余地，一跺脚，大声喊道："好！我同意你们救人，但如果有人想趁机逃跑，一定就地正法！"

说完，他高高扬起了手中的枪。警察当然清楚，这其实是个赌局，如果犯人跑光了，自己输掉的将是后半生的自由。

话音刚落，犯人已四散跑开，到处搜寻生还者。瓦砾中不断有活人被扒出来，有少部分是犯人，大部分是警察。被扒出来的大多是重伤员，断手断脚的比比皆是。有个强奸犯以前是医生，他自告奋勇站了出来，指挥众人抢救伤员，这个断肢的怎么接，那个断腿的如何绑。有个犯人被砸坏了膀胱，被尿憋得死去活来，惨叫声不断划破夜空，格外凄厉。

"医生"急得眼睛都红了，大声吼叫："快去找管子来！"因为必须有管子才能导尿，可四周一片废墟，到哪儿去找管子啊？眼看无计可施，活人岂能让尿憋死？一个盗窃惯犯二话不说就凑了上去，用嘴巴帮他吸出尿和血……

这里不再有警察和犯人的区别，只有死人和活人、救人的人和需要救助的人。这又是一个感人的场面，被救出来的轻伤员又迅速投入到救人的队伍中去，没有绷带他们就撕下自己身上的衣服，没有工具他们就用手扒，抢救结束后，没有一个犯人的手是完好的。

天已放亮，能救的都救出来了。犯人被重新集中起来，一个个衣衫褴褛，灰头土脸，警察清点人数，发现少了三个。事后查明，有两个犯人因为离家较近，救完人后溜回家看了看，然后主动回来了，还有一个是精神分裂症患者。那些犯人没有借助任何工具，徒手从瓦砾堆中扒出了一百一十二人，创造了奇迹！

千万不要以为这是好莱坞的灾难大片，这是真实的故事，发生在河北唐山市，时间是 1976 年 7 月 28 日。

　　人都有七情六欲，难保不犯错，或利欲熏心，或鬼迷心窍，这是人性的阴暗面；可是谁也不能否认，每个人的心灵深处都有光辉的一面，哪怕是十恶不赦的罪犯。地震带给人们的无疑是毁灭，可是那些犯人却获得了新生，当他们奋不顾身抢救别人的同时，也拯救了自己。据说，后来有不少犯人改了生日——7月28日。

　　　　　　　　　　　　　　　　　　　　　　　　　　文/致远

图书在版编目（CIP）数据

世界这么大，我只喜欢你 / 好读 主编． -- 北京：
作家出版社，2016.7
ISBN 978-7-5063-9086-6

Ⅰ．①世… Ⅱ．①好… Ⅲ．①散文集－中国－当代
Ⅳ．① I267

中国版本图书馆 CIP 数据核字（2016）第 187990 号

世界这么大，我只喜欢你

主　　编：好　读
责任编辑：丁文梅
装帧设计：米屋工作室
出 品 方：北京中作华文数字传媒股份有限公司
出版发行：作家出版社
社　　址：北京农展馆南里 10 号　　　　　**邮　　编：**100125
电话传真：86-10-65930756（出版发行部）
　　　　　　86-10-65004079（总编室）
　　　　　　86-10-65015116（邮购部）
E-mail: zuojia@zuojia.net.cn
http://www.haozuojia.com（作家在线）
印　　刷：中煤（北京）印务有限公司
成品尺寸：145×210
字　　数：150 千
印　　张：8.5
版　　次：2016 年 9 月第 1 版
印　　次：2016 年 9 月第 1 次印刷
**ISBN　**978-7-5063-9086-6
定　　价：36.00 元